U0905724

梁征 著

秀起汀水

诗集

海峡出版发行集团 | 海峡文艺出版社

图书在版编目(CIP)数据

秀起汀水/梁征著. 一福州:海峡文艺出版社,2025.4
ISBN 978-7-5550-3649-4

Ⅰ.I227

中国国家版本馆CIP数据核字第2025YM1190号

秀起汀水

梁 征 著

责任编辑 林 滨
出版发行 海峡文艺出版社
经　　销 福建新华发行(集团)有限责任公司
社　　址 福州市东水路76号14层
发 行 部 0591—87536797
印　　刷 福州力人彩印有限公司
厂　　址 福州市晋安区新店镇健康村西庄580号9栋
开　　本 850毫米×1168毫米 1/32
字　　数 210千字
印　　张 12.375
版　　次 2025年4月第1版
印　　次 2025年4月第1次印刷
书　　号 ISBN 978-7-5550-3649-4
定　　价 68.00元

序

谢有顺

近读学者段义孚的《浪漫地理学》一书，他探讨了一个颇具诗意的问题：“天文学家彻夜坐在高山上或沙漠中的望远镜前，直直地盯着那些看似闪耀但在百万年前就消失了的繁星。若有人问，为何如此？”随后，他自问自答道，世界上有些人会在广袤与无垠面前感到无比满足；他们虽追逐精确的事实，骨子里是真正的浪漫主义者。当梁征的新诗集《秀起汀水》呈现在我眼前时，我仿佛看到了这样的场景：在晨曦初露或夕照蔼蔼之时，一个人独自在汀江畔踱步，他时而眺望远处的群山，时而俯身捻一把身下湿润的土壤，时而凝视着眼前千万年来汩汩滔滔、只顾向前的汀江水，常常陷入沉思。若有人问，为何如此？他用诗句回答：

今天我还在想　一条江
是不是自己的亲人
有多少人

会在另一个地方的黑夜里想起
有多少人
在离开的时候
将它背在身上

——《风雨汀江》

梁征说："人的一生，写在岁月中的业绩是一种记载，留在心中的诗意是一种永恒。"他的"诗歌地理"与他在岁月中的现实书写紧密相连，甚至可以说，梁征的诗歌地理与其人生实绩是一种精妙的互文。诗人希尼在谈到作家与地理的关系时曾说："当我们谈到作家与地点时，一般会假设作家与该环境有某种直接的表述关系或解释关系。他或她成为该地区的精神的声音。"这意味着，一个诗人置身于某种环境中，理应发出与该地区相匹配的声音，他必须捕捉、提炼并传达出那片土地独有的精神景象与文化气息。《秀起汀水》是梁征"闽地三部曲"的第三乐章，继书写福州的《寻找雪峰》、描绘莆田的《木兰春涨》之后，新诗集《秀起汀水》主要聚焦于诗人在福建龙岩的影踪。这是他工作和生活过的地方，短短几年，成就了这本厚厚的诗集。紫金山、梁野山、冠豸山、庙金山、松毛岭、丁屋岭、河田、培田、院田、永福樱花、东山草堂、永定土楼、盈吾公祠、店头街、济川门、百姓镇、客家米酒、下洋苦橘……一个个地名、吃食，不仅写出了闽西大地的自然风光、烟火人间，更是梁征的步履所到之处内心发出的“啪嗒”轻响。一次次触动心灵的遭际，仿佛桐花在春雨的山岭溪涧簌簌凋落：

汀江流水　客家土楼
劳作的众生度过了很多不眠之夜
夜啼声中　就能感受瑟瑟的颤动
一张瘫在落地窗玻璃上的脸
独自泪流　看不散的霾　听风吹雨

那岭上无名的红军坟包前
时有长跪不起被截返的汉字
一些不屈的草　又有了拔节的冲动

——《岭上桐花开》

很久很久无缘光顾店头街了
霜冻密封的家书一直没有穿过
汀江大雾里的济川门

我想提笔　泼墨

在天空画一匹擎旗的战马

让层层雾霾散去

让这匹马跃过汀江

——《跃马汀江》

“汀江”是《秀起汀水》的核心词。这条客家母亲河，流经多地，终入大海，仿佛昭示着这块土地的辽阔与气度。而沉默的大地，与江水日夜对话，似乎就是在等待一个诗人，为它们发声，让它们露出美丽的容颜。

杜鹃花深藏矜持的艳丽

布谷鸟送来第一封家书

灵动的汀江笑赴春天之旅

——《秀起汀水》

在那里　大片大片的森林　星空　溪流

他们怀抱石阶　触摸遍野的花朵

——《天宫山　禅起法眼》

大雁犁出一条沟痕　田野仍在你的怀抱

——《冠豸情景》

你知道这斑驳的木窗

晴天的光线　雨天的霉味
但你不知道我至今还会携它在身边
一有空便打开　就着虚幻的山水
看一行白鹭飞

——《培田鹭飞》

梁征的诗行，带着闽地温热的潮气，让我们全景式、沉浸式地体验了闽西山水。中国人素有“自然山水即是文”（刘勰）的观念，山水是自然造化的赠予，也是俗世生活的转弯处，更是心灵的游牧地。古人常以山水为镜，在山水的参照中反观人的存在境遇，在山水中探寻时间和空间的要义。闽地汀水赓续着前人的涟漪，也蕴藉着簇新的春潮。梁征或匆匆或从容地行走在此，山水不仅涤荡着他的诗心，也让他感受到了时间流逝、空间转移中“物”的变迁。

自然风物映照山水本然的质地，也承载着一个地方的灵魂，人与山水的对话，是神与物游的美好象征。梁征在幽谧的夜色、汹涌的洪峰、四季的流转中体认了“岁有其物，物有其容；情以物迁，辞以情发”（刘勰）。汀水风物自有其独异的情致和意趣，身处其中，梁征不做浮光掠影的行旅者，而是深情凝视、感物吟志。都说世间万物皆有灵气，但一个人的灵魂如果不能与之相通，自然就只是物而已，人的灵魂也是无感、僵死的。《易经》里有句话说，“寂然不动，感而遂通”。这里的“感”就是法自然，领悟万物本性，而有感觉、感悟之后，才能“通”，才能让自然万物真正投射到自己的心里。梁征的“感”，可见之于他具体、精微的笔触，充满了细节和实相：

一株粗壮的银杏告诉我　天亮了
白露宰杀一只河田鸡

——《汀水白露》

在星星很寂寞的夜晚
那些土生土长的故事
拌着农夫嘴中红心地瓜干
嚼吧嚼吧地作响

——《冠豸山　踏青寻红的山》

众人用毛笔把自己写到竹简上
轮流喝酒　竹简每捻动一次
就有一个名字　兀兀地立了起来

——《客家流水席》

似一幅风俗画，画中有山水、有树荫、有

那柔软的生生不息的红土之母
在我体内的溪水盈盈　不亏不溢
那覆盖的日月美如浮世
从你到我　从我到你
是不被驯服的灵魂　细节里拆卸的岁月
是锁骨穿过的隧道　一场生态的警报
那被落红的季节　比被围剿痛苦
多像是我劫后突围的长征
春旱　被骄阳灼伤的土地

——《山花影动》

在江水流淌、山花浪漫处，诗人追溯着脚下这片土地的“来路”。这片曾栉风沐雨的土地上沉睡着太多的记忆，一代代人在这里生活、繁衍；每一个村寨、每一户人家都有自己跌宕的来历和故事。那些长眠此地的人、那些流离失所的过客、那些在史书中被反复传颂的英雄、圣贤和无名者的墓碑……梁征路过它们、翻阅它们，如同春风年年翻越大地，诗人内心燃起的火焰照亮了那些山脊的暗角。在《秀起汀水》中，我读到了《敬仰汀江》《捧在手心的汀江水》《回溯汀州》《诗入汀州第一城》《在汀州做自己的圣贤》等一系列具有“怀古”诗思的作品。这些诗篇不再停留于对一个地方吉光片羽的勾勒，而是试着对这个地理空间所孕育的文化精神作出深切回应。众多的人物和叙事早已隐没于过往的尘烟之中，诗人发掘它们，审慎地将它们擦亮，借由与山水的对话、心灵的冥想，让它们成为变幻的流动的历史表达。

站在乾隆年间的老古井旁
以寻觅的喜悦仰望长寿老人脸上的颧骨
还有纯朴的乡人不约而同的身影
拒绝茁壮的辣蓼草或一支支艾蒿抚摸

——《守候丁屋岭》

在红色的战旗和白色的梅林之间
我们对旅途　飞鸟和季节的选择
能说些什么

——《梅落丹霞》

这个讲“军家话”的戍边小镇
中山古镇　香魂像一张皱缩的地图
在迎恩门　我遗留了一壶茶
至今还来不及喝上一口

——《中山古镇》

诗歌可以让人目光如炬，在时空并置的

结构中洞穿历史之障，梁征显然体悟到了这种力量，并在诗歌写作中展露出了诗人的文化自觉，以及对诗歌人文品格的追求与淬炼。

刘若愚认为："中国诗歌中的时间观念分为个人、历史、宇宙三类。所谓深远无限的时间设计就是能够跳出一己一时的时间感受，去体味历史的脉搏和宇宙的规律，使其诗歌宏大豪健。"毫无疑问，摄人心魄的诗歌总是能让人超越个体的即时体验，让人深入辽远无限的时空中去体验历史的脉动和宇宙的无垠。从这个意义上说，诗歌就是诗人时间意识的拓展，那些瞬息万变的情感、火光迸溅的须臾，都是诗人构建深邃诗意的关键时刻。这些时刻，空间将成为辽阔的背景，承载着历史、文化与个人生动的记忆——在这一切的交汇处，汀江不只是大地上的一条水脉，它更是一个生命力勃发的诗的宇宙。梁征幸运地找到了诗歌这种感知时间的方式，他在汀江上泛舟而歌：

落日俯身在梅花山下汀江里饮水
斑斓如一头　血色华南虎

——《汀水虎影》

当然，江水浩荡、历史巍峨，诗歌也可以是一些"小东西"，"可以放在口袋里，也可以存放在心灵之中。然而，路过的旅行者的‘渺小’却能唤醒并改变他们周围山脉的广大”（简·赫斯菲尔德语），我想，这也是梁征诗心的写照。

它很弱小　把两张笑脸挤在一起
就有偌大的幸福
是的　穿上小草的布鞋
是完美的

——《汀水白露》

我　一个红土地的游子
一个吃了稻谷才能长大的人
在颠覆认知的田埂
隔岸观火

——《解读稻田的密语》

我想，一个诗人见山、见水、见众生、见自己，当他已经习以为常地将诗歌装进贴身口袋，无论他去往哪里，遇到何人何事，他都是一个真正的浪漫主义者，一个血液里奔腾着山川和河流的人。

（谢有顺，系中山大学教授、广东省作家协会主席）

目　　录

第一辑

第二辑

第三辑

第四辑

第五辑

第六辑

第七辑

第八辑

第九辑

后　记

第一辑

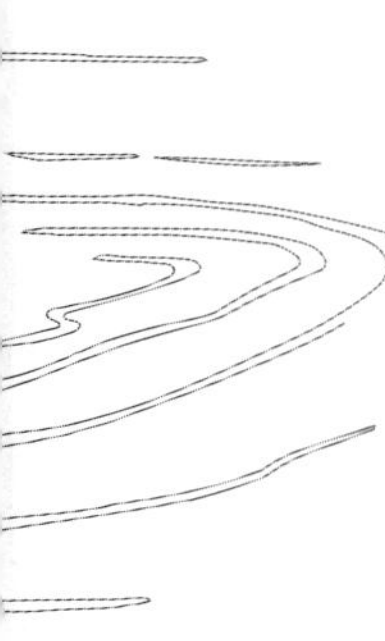

银　　杏

金黄的旗帜已经飘扬
扛旗的人不知悲喜
时钟嘀嗒嘀嗒
汀江上游的山谷日渐灿烂
我在宽阔中等你
无论你昂首　无论你低头

你忧郁满腹　衣袂飘飘
如山如阜　如冈如陵
天空是块蓝色的玻璃
大雁划出一线裂痕
银杏的黄金绒毯一路铺展秋色

我是来自山外的陌生人
体内有剧烈的地壳运动
高岸为谷
深谷为陵
一切皆可弯曲
我只能烧起一炉子文字　取暖

山村游大龙

楼窗　终日描画一幅锦绣屏风
忙闲都看见白雾在青嶂里浣纱

试着修习穿越术　唯茶唯诗书
试着让手机辟谷　唯山唯鸟鸣

夜不忍开灯　瞬间拉黑世界
还是任性好　开窗放进满天星

踏莎行　土楼外更不着边际
梦里山村游大龙　往昔年少侠客行

紫金山写意

有一种绿藏在山里不会衰老
白天是一泓翡翠
黄昏有淡淡的炊烟
夕阳的眼睛
带着倦意半开半闭
隐埋时光飞逝的消息
透露夜色将临的奥秘

部分矿坑已停止了开采
巨大的岩层袒露时间的痕迹
一道道山径爬满了蔓藤
但没有印上你的足迹
也从没向你承诺花果飘香

要是你攀上石阶
瞬息天空一片灰蒙蒙
你可以走过沉重的堤坝
却无法像游人边走边笑、享受新奇

回到山间的小路
而湖还是湖　只着意贮藏

自身的清湛和明澈
把冲洗过的倒影还给鸟和树
成为水源便要忍受干旱
以涓以滴解救村庄里的枯涸
当你听到喉头的干裂
潺潺的水声不再是笑声
三十年时光可以把少年催老
可把潭水淘成浅浊的沟壑
三十年后走近湖边
前身已如矿石星散不存
一面明镜不再挽住你的倒影
余生将如背后的落日
把头发漂得更白更灰
却不过是黄金的眼睛轻轻一闭
完成一次神秘的启示

时光磊磊落落　把你掬于掌心
一线水流流转于胸中的块垒
你这样离开湖心走进内心
——矿山在你耳边
传来阵阵开采的声音
但谁将徜徉湖畔
谁的黑发在风中飘拂
已不再是你的故事

风中的倾诉

风一遍遍拍打村庄
拍睡又拍醒
风为溪边的芦苇梳头　越梳越乱

风镇定从容
山坡上的事物反而慌慌张张
比如油桐花抓不住酒杯
摔碎千朵万朵
古老的柳杉扛不住台风
交出新鲜的棺木

风又吹来
鸡鸣是倾斜
水里的倒影是倾斜的
门前的尘土是倾斜的
云中穿过的飞机是倾斜的

风又把往事梳理一遍
几辈子的爱恨　恩仇

写到此处该稳住了
五月温度正好　哪怕
连离别　也是倾斜的

岭上桐花开

立夏　油桐花酝酿季节的转换
一树绽放　满坡缤纷
花开　向夏天致敬
花落　为春日告别
新蝉含着最后的春雨从乡野赶来
那叫城的市　陌生得已无闲人

春雨　欲言又止
挥不去的寒还在浸着人的身子
三更　闻子规夜啼
松毛岭上　蝉鸣凄切

汀江流水　客家土楼
劳作的众生度过了很多不眠之夜
夜啼声中　就能感受瑟瑟的颤动
一张瘫在落地窗玻璃上的脸
独自泪流　看不散的霾　听风吹雨

那岭上无名的红军坟包前

时有长跪不起被截返的汉字
一些不屈的草　又有了拔节的冲动

暮春　是个伤感的时令
子规　昼夜不停啼叫
坡上的映山红　可是一群倔强的灵魂
客家油桐花更像五月雪
让愁雨更愁　让悲怆更怆

老梅新枝

摇晃着春天的小情愫
接受意念的邀请
掸去俗世的一身碧绿
各自怀揣心事拱破枯枝的束缚

醒来　以融雪润物的速度
偷运春天的婉约
装饰天空的心窗

没有什么比你更善解人意了
想你是风　风就吹来
想你是雨　雨就飘落
汀江的温柔和你的执着
红土的厚重和你灵魂深处的悲壮
在一场战火里碰撞
刹那完美结合　绽放

梦幻的场景呈以水墨的淡雅
以洞察的宽容原谅来自人世的喧嚣
让每一个寂寞的灵魂在枯木逢春里
都能找到宣泄的出口

擎天火炬

始终挺立着　我只想看看
白云擦身而过的人间万象

风吹云散　吹散了一些记忆
也熄灭了人间的万家灯火
而汀江依然在脚下延伸
一些旧时光　在旷野中举着火把

因缘和合不能天遂人愿
红尘聚散也终必与我擦肩
我孤独地俯视苍生
万籁俱寂　唯有那一柱擎天
百年不倒　屹立在红土地上

屹立在寥廓的苍茫大地
始终如一盏火炬
在我的眼睛里熊熊燃烧

跃马汀江

感受汀江水之畔的战栗
岸边绿了又黄　黄了又绿
仿佛是风的春秋
不断轮回的色彩

跨进柴门　吸附在酒坛上的乡愁
一望便来　可我不想翻开
酒坛上沉默已久的封条

因为遍地都是
张九龄诗卷里遗落的酒香
谢公楼上　一只家雀
足够诠释烟火的孤单

很久很久无缘光顾店头街了
霜冻密封的家书一直没有穿过
汀江大雾里的济川门

我想提笔　泼墨

在天空画一匹擎旗的战马
让层层雾霾散去
让这匹马跃过汀江

带我驰骋在红土地上
扶起它淡淡的忧伤
用一坛老酒的时间回忆
满坡怎么也开不败的映山红

膜拜炊烟

我是一位被土楼炊烟招安的竖子
木桶里装满那口老井中的淡水
却向大海索要额外的盐分

在红土地
我知道水杉不会原谅我
千亩梯田的油菜花也不会

客家的先祖啊　我想忏悔
可你总得让这个村落
给我留下跪拜的地方

为红而飘

霜满天　是晚唐诗人张继
荡漾过来的千年跌宕风云
诗句中养育乾坤　汀江上游的峡谷
枫林册页中　我是一只顽固的书虫

为红而飘　秋雨泽被万物
金　木　水　火　土　我属木命
人生如此陡峭　朗月疏星亦增苍凉
狂欢的时代　擅长用热血写悲剧

大风吹魂魄　三两盏灯在江岸
数点愁在胸中
绕树三匝　何枝可栖
岁月汹涌　漫过我用词语筑成的防波堤

万物皆有归宿　落叶飘红的曲线如此美
顿悟是一种境界
不怕黑暗　心中有光明
不是歧路　怀中有正道
不俱冷漠　内心有慈悲

河田银杏

迎风纵情　难免不产生冲动
恰恰因为我的散漫和迟缓
还是没赶上河田银杏纷飞的浪漫

我只好把遍野的稻茬视为琴键
我只好听一场秋风　用结着茧子的手
弹奏一曲丰收的歌谣

我无法守候　此一时的金黄
彼一时的翠绿　前行的路上
没有错过的风景　只有更替的季节

汀水白露

一株粗壮的银杏告诉我　天亮了
白露宰杀一只河田鸡
秋天验证刀痕
带来了汀江的落花流水

我要说的白露
是逐渐坚硬的风留下的柔情
是镶在草叶的一颗琥珀
把晨曦含在嘴里
把心腾空　隔着露珠凝视
悲与喜转换之间
一场白露让银杏开始改变颜色

它很弱小　把两张笑脸挤在一起
就有偌大的幸福
是的　穿上小草的布鞋
是完美的

梁野山老屋

野草满坡满坡地疯长
耕牛的蹄印蓄满清水
怀着被露珠坠弯的谦卑
那荆棘编成了命运的弹簧

梁野山的内心长满野草
鸡鸣犬吠皆梦遗
卷着青菜叶的胖虫仍在蒙头大睡
月亮仿佛遗失的一粒安眠药　悬于清风故里

新燕子又来了　老屋子更老了
火柴头和闪电相互摩擦出温情
这世间少了一丝丝沉重
这悲凉多了一个人的体温

若有青山蜿蜒而行
必有对峙的一条小溪
山脚下已经燃灯的茅草屋
行人恰似等待搀扶的幻影

回溯汀州

一条江被山城挟持
四季狭窄　桐花凋零
她的委屈
只有一只无家可归的白鹭
用忧愁丈量过

汀州并非全是花团锦簇
春风像隐藏很深的奸细
她的行踪
只偶尔在猛追那扇有洞的城门
露过一丝破绽
而你像一个流浪的孤儿
在夜色低洼处行走
雾锁城门　沙埋扁舟
纵然放生千万鱼虾
也救不回内心波平如镜

十座城门九把锁
门前留着两条路

一条走回尘世的喧嚣
一条通向深山的寂静
树杈填补天空
红土地完成了属于它的鼎盛
有人点燃城门楼上的灯
却无法照亮如烟的彼岸
浣纱女改行卖水果
垂钓者把钩还原成针
这个古老商埠囊中羞涩
掏光口袋里所有的月光
是打发给你的一把散碎银子

下游还有太多的曲折
一个村镇接着一个村镇
像一个漩涡连着下一个漩涡
然而你是如此义无反顾
一路挺着胸膛叩着长头
只为寻找古老的汀江
还自己一个清白之身

江月不问古今

月光悬壶　流水济世
山风吹痛汀水的心
挤在一面镜子前
晒奔跑的河田火焰
被她燃烧着的
除了杜鹃和山茶的野裙子
还有满天星宿摇晃的眼睛
左岸的同康　右岸的彩坑
以及夕烟下红得燃烧的土地
都在一面呼啦啦的旗帜下
让呼吸抽去了雾
露出红月光的梯田
像剔下的鱼鳞
最终形成了这道波浪
这万物的渡口

时间终将沉淀下去
历史　也只能不停翻篇
上游之上的天空

下游之下的汀江
当它们安静下来　千顷云浪之下
就是被月光洗礼了的满山梅花
此刻
她通体透明　泪流满面
此刻
她真容沉底　不问古今

汀水虎影

落日俯身在梅花山下汀江里饮水
斑斓如一头　血色华南虎

而一侧　千山万水埋伏的
夜　是黑衣的打虎人

双方没有动静
汀水里　不断流逝着
老虎的斑斓　腥臊　火焰
老虎的血液　皮毛　骨骼　唾液　仰啸
天地没有动静

红土地上的汀江　黄昏的宁静是
华南虎呼吸的蹑行的静
潜伏的捕杀的静
饮水的饕餮的静
与饱食后的静

华南虎潜游进　星河

奔跑入　苍穹
溶解进　永恒
长啸于　宇宙
消失于　梦境

打虎者　何在
汀江不是　景阳冈
梅花山上没有
武松

紫色梦幻梅花山

云天深处紫色的冰凉
站在山顶的人　未必是为了
看到更远的地方
倒春寒依然存在
雾中只能看到这些枝丫了

孤独无序的红豆杉枝丫
接近山峰的边缘

流水载着更换的叶
向着落日滑下山崖

一些红色的植物
我还叫不上它们的名字
叫不上名字仍喜欢
让我在紫色的梦幻里逗留

是时候了
连最微小的事物

都默许了
黄昏到来前
白昼的寂静

在梅花山　前世长于今生
沿着一条石径拾级而上
两侧的红豆杉和华南虎
看似比岩石还古老的斑斓

汀江水　梅花山
见过世面的人
常常都会弯下身
像年幼的孩童一样
在紫色梦幻中喃喃自语

秀起汀水

紫燕绕过冬的背影
衔来一束魂牵故土的馈赠
蓝天划过一道生命的惊喜

暖风抚摸战栗的霜花
幻成一条流动的五线谱
泉水汩汩　亮出清脆的歌喉

阳光拉着你我的手
穿越街巷　走过乡村
蓊郁的旷野弥漫绿的芳馥

浣纱的村姑在水一方
腾起一片诗意朦胧的涟漪
摇落一泓姹紫嫣红的花溪

杜鹃花深藏矜持的艳丽
布谷鸟送来第一封家书
灵动的汀江笑赴春天之旅

永福春色

茶山变幻　层叠与展开之间
永福的景象跌宕起伏
鸟飞的翅膀沾满露水
绿得发亮
一丝春色释放了人们的困惑
一丝春色动用了多少种子和花朵

茶芽吐青　樱花放艳
让永福的天空一空再空
樱花的气息极度芬芳
一朵樱花绽放的灵动
时时感染着我们

那一天　我采着茶青　赶着樱花
风一遍一遍吹着
茂盛而纯洁的生命
一坡幸福　就那么在我的心上
一遍遍吐青与绽放

最初的祈祷

注定有一种春天的跋涉
源于客家的土楼
那是失去许久的记忆
沿着潮湿的掌纹
在这个黄昏的枝头
让袅袅升腾的炊烟
成为蛰伏于往事中
最初的萌动

注定有山前的梅花飘零
源于汀江亘古的风景
那是生生不息的诗魂
沿着蜿蜒的旋律
在这个旖旎的清晨
让绚丽多彩的霞光
成为冬眠的村落中
最初的背影

注定有一种回家的渴望

源于殷实的期待
那是翘首仰望的父母
沿着当年村庄迁徙的走向
在这个追忆日子的起点
让心想事成的祝福
成为辗转于睡梦中
最初的祈祷
成为丁酉鸡年最早的清晨
第一声吉祥的报晓

茶山樱粉

作为古老的茶山
永福用它村落的眸
偷窥满树枝丫粉色的青春
为谁的一段动情的独自神往
忍俊不禁　抑或就着
清新的风之笺
即兴写下一颗颗露珠儿般的诗

满枝满丫的粉樱
满枝满丫的年轻
满枝满丫的啼鸟
满枝满丫的风情
无意打造出一个别样的村晚
看上一瞬
足以让人充实一生

雾岚兜不住
春回大地　返老还童的话儿
在婆娑的树影下

落地有声

作为方圆十里的茶山
九龙江畔的村落之王
已将满枝满丫的缤纷
连同无数樱花的笑声
藏娇于心房
在这挂满红灯笼的
春之行宫

春暖花开是迟早的事

关于大寒　还能说点什么
时令最是无情
等不得花落花开便粉墨登场
我已经寻不到来时的路了
那些散落的细节像山坡上的断肠草
瞬间便可以将我放倒

冬季太长
布谷鸟没办法长出翅膀
雁群也被挡在了千山之外
我知道　这封信一定无法寄出
所以　那些闲下来的光景
我只能用诗句与你对弈

故友还不曾老去
许我的汀江也还在梦里
你说　每一片叶每一片花
都是我腮上的笑
所以　春暖花开是迟早的事情

我不想多说什么
漫长的夜晚总有些故事需要发生
我能做的　就是把目光植入天涯
江月花影　轻叩你的窗

冬的号角

立冬来的时候
树上的枫叶红了
脚下的青草黄了

我守着一座土楼
一条汀江
守着明月和华南虎
在红军长征的起点

看见风卷红旗
以及这宽大明亮的道路
人来人往
谈笑风生
都比我温暖
一派金黄

立冬开始冷的时候
我的周身响彻号角
充满战栗

山水云天

汀江旁的草弯下腰
一脸雾气的秋　就抬起头
水牛也抬起头
孤独的脊梁杆　也把天空撑得高高
一个不经意的响鼻
蓝天　水一样战栗

鸟儿起身
拍了一下翅膀
就匆匆上路
天空如此辽阔
高兴的劲儿
心想　这么辽阔的道路
无论怎么飞
都可以到达思念的故乡

一个割草的人
把头埋在半尺厚的狗尾巴草中
等抬起头时

云　在头顶乱飞
他的眼中塞满云朵
高嗓门吼唱
谁也挡不住的客家山歌
水一样漫过
梅花山以南辽阔的天空

红草红土地

一直想告诉你
那些掩盖过我的被
不是枫叶　是深秋里的粉黛乱子草
我不知道它们会在九月策划暴动
会铺天盖地说谎
泥土红得多么辽阔

一直想你能否告诉我
热和情的相遇
是不是一面燃烧的旗
红了一摊的粉黛乱子草
它摇曳着妩媚　瞬间变成了流水
温柔的手　是否握住了鸟鸣和身后的鱼跃

但你一定知道
我和脖上的红围巾

一起走进了张扬的季节
在红土地上　或醉或醒

汀水如镜

汀江如同一面银镜
月儿白　江水白　芦花白
曲水漂流着一盏迷离酒觞
红军可乐英雄剑
人生疆场古汀州
相饮一坛烈火
醉着两世爱情
谁仰望一斗星空
是我人生的一途碎银

敬仰汀江

她来自战火的硝烟弥漫
和那一轮深沉的月光馈赠
所以她肯定对我隐藏着某种秘密

但我是明亮的　星光下的一群
碎银般闪烁在记忆里
拥有崇高的明眸
和闪电带给我的惊悸

青草和红花在月光里浮动
在荒野间　她的颤动就是
风所掠过的翅膀
鸟声缓缓拉长　汀江流水

用寂静典藏敬仰　所以
我回到了八十年前的秋天
那一串红土草地上的脚印
还有多少人想起这些

苍莽松毛岭

风不凛冽　却是粗粝的
它使劲地吹
从我脸上　一次次拂过
真实　凛冽　令人颤巍

疲惫减缓的仲秋午后
我漂泊的脚步
在这座充满铁血激情的松毛岭
暂时安歇下来

而风刮过它的上空时
一阵紧似一阵　像哨音
叫醒一片片缤纷之叶
雄天红土　汀水辽远
经过头顶的云朵
倾泻了一个人不平静的内心

这是一个英雄出没的地方
风云变幻的历史犹存

几只蟋蟀叫响秋天
在沉睡的鹿砦壕沟
根本看不清　有多少后来的尾随者
秋风来时本来的面目

我把握不了风的去向
主峰金华山上　一只鸿雁
在天上孤独地飞
站在天地中央　我怎忍心
只说苍莽　不说苍凉

第二辑

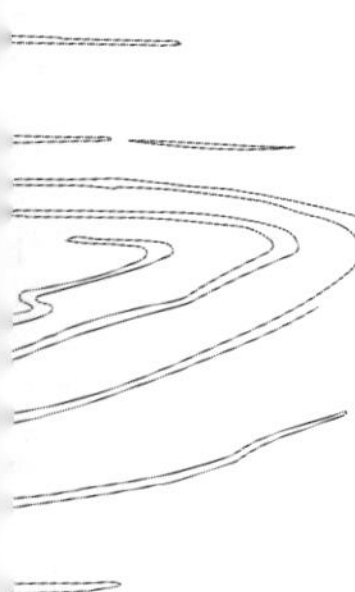

残阳如血　松毛岭

人世间　温暖那么多
为什么一碰到有些词语
我的心神即刻黯淡
残阳如血般的苍凉

当我置身松毛岭
沿着丛林密布的山涧
硕大的落日　正跃入崖下
一只雄鹰　扑闪着翅膀
打破这被晕染的光线

无须命名　也无须辨识
这回避不了的场景
绝非偶遇
正是我初夏里的一次遭逢
以任何方式书写　也不能替代

像走失在松毛岭的父老

像这悠远悠远的三江源头
我精神的故乡

永福樱花

永福一夜净雨
洗去岩石上火焰的灰尘
遮掩茶山的碎绿的衣裙
我闻着一枝梦幻　踏入醉人小径
数次抚摸粉樱的胴体

汩汩大地之血
被饥渴的植物深沉吮吸
峰峦间不远的山坳上
那劳作的茶农
有了最美的姿影

醇厚的花气使劲侵略
酡颜的四月已经醉伤
暮春山峦灼红透明的胸膛内
蓄满暴雨的掌声

冠豸山　踏青寻红的山

归去的时候
长路疲惫不堪
我是一位最后的过客

有一种久远的声音
与我结伴而行
禾风如歌
掠过四月的田野
日子沿风的走向
娓娓滑去

冠豸山　踏青寻红的山
正沿着阳光的指引
漫过那一方方秧田
用锤炼得很犀利的风语
与禾苗们交谈
将那些构思了半年的故事
一垄一垄地排列在
草色青青的山脚下

在星星很寂寞的夜晚
那些土生土长的故事
拌着农夫嘴中红心地瓜干
嚼吧嚼吧地作响

捧在手心的汀江水

战马远去　看不到阳光
汀江旁　当年战火后的废墟别样苍凉
无边的茅草涌动
风展红旗
那一刻　那一声嘹亮的军号
依然响在这片红土地上

天之所以苍苍
地之所以茫茫
沉缸酒能斟多少豪情
在干涸的心灵砂砾
猛烈地碰撞

峰岩慵懒　芦苇腐烂
华南虎含着热泪
藏进被我深深祝福过的梅花山
迎着满山杜鹃的星星之火
父辈们纷纷跃过了汀江

战鞭涉水而落　江水捧在手心上
岸边布满了劲风中的茅草
心头尽是慌不择路的故乡
和我身披沧桑的娘

乡音是管含情的箫

清明的恼人乡音
因缠绵而消瘦
你隔空发来的微信
篇篇都是茶色酒香
醉了离绪别愁

土楼与流年交相冲刷
老的是外墙
内心依旧纯清
遥望顶楼那凌空一窗
今夜一灯如豆

原子与灵魂合成的动物
居然被命名为人
平添许多风流
只可叹你那管含情的箫
把还乡曲吹得太久

是否能在端午或者中秋

和你再晤汀江
听你还不曾讲完的故事
听你那曲沉郁的游子吟哦
联袂醉看北斗

风雨汀江

那些暴雨中惨白的江水　在红土地上呜咽
树木　落叶　苇草　还有那些逆流而上的鱼
它们从下游而来
抗争的全是一条江不可知的命运

那些石头在大水中兀自行走　或搁置岸边
它们坚守　沉默或无奈　等候了多少过去的时光
它们沟壑纵横　满脸沧桑

一场大风掠过　我突然看见一条江离我
越来越近　离村庄越来越远
夕阳沉沉地落下　波涛汹涌　浪花飞溅
隐约中看见了天堂和地狱

很多年　我无法忘掉那片水声
就像无法忘记那年　我曾伸出一双小手
捧起过那细细的白沙
洒下的伤心泪

今天我还在想　一条江
是不是自己的亲人
有多少人
会在另一个地方的黑夜里想起
有多少人
在离开的时候
将它背在身上

第三辑

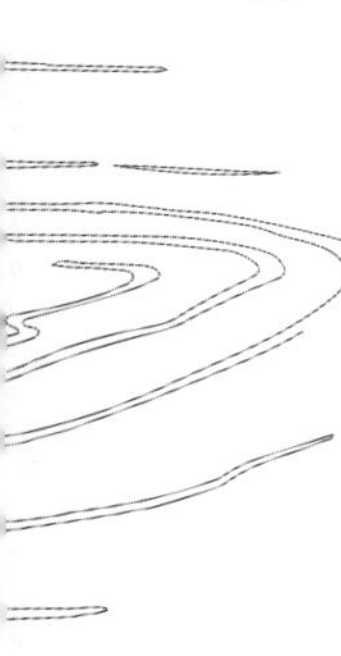

依恋红土

想不到在寒江的渡口
你送我一匹激情的红马
嗒嗒的马蹄声沾满青草的余味
绊倒我赶路回家的脚步
红土地　成了我贪恋的风景

掀起你红盖头的人不是我
但是　汀江的水花是被我催开的
唯一给你的痴念齐刷刷的抽穗
我带露的琴声只留给你的醉步

想用我们纯真的笑容搀扶土楼的黄昏
于是智商化为零　心湖潮汐　找不着北
你给我行程　我还你行囊
眼波柔澜　依恋红土　哺以乳汁　衣以暖袍
疲惫的视线只想在你的怀抱安睡几天

跟着杜鹃一路长征

在松毛岭　杜鹃是一条绕不过的坑道
它的工事高筑
你站在坑道边　你能看得见
是它举在空中的火焰

杜鹃的火焰热烈
像火烧云　它要把天空照亮
一朵朵杜鹃就是一束束火把
那些黑夜里
你听到的一声声尖叫
是不是硝烟里被灼痛的心跳

杜鹃盛开　你站在花丛之中
你是千万朵杜鹃
你还有千万只手　打开
这片红土地上千万个不一样的春天

杜鹃嫣红　胭脂般的红妹妹
你叫她的名字　牵她的小手

携着她跑进的当年的战火坑道
哦　不要把这片红土地喊醒
蒙住所有人的双眼
你与杜鹃　开始
一路长征

客山桐花祭

一朵朵宁静　穿透多少岁月
一片片心绪　又会放飞多少忧伤
满树飘逸的纯净　正在亲近这片客山
洁白光润的缄默
在目光之上　展示淡泊的高度

一种种莫名的浮躁
早已悄然遁去
一次次的车水马龙或人来人往
也在疲劳的视线里消失殆尽
只有这油桐花　静静地　静静地　飘落

喧嚣的日子过久了
多想停留在五月客山这样的雪里
让满坡青翠的原野
把一种纯洁　变为一种风尚

花在雪中　雪在心中
让心　飘洒一片片耐得住寂寞的情愫
任漫山风起
听内心冰雪消融的感动

烟火万千

端午的阳光慵懒　我划着龙舟
把飘过的容颜又轻轻回忆了一遍

驶去是多余的　退不去
缱绻　留下的伤痕又会
停驻更多的泪水　以及眷恋
空山新雨　流水落花
这汀江的寂静被我的孤独
划过　那时　你可否倏然惊起
痴迷于江水永恒的走向
让双眸藏起嗔怒
陪我看弹指间的
水声一片　看弹指间的
烟火万千

时光的流放

我不该说出我的企图
今日端午
这突如其来的节日
让我措手不及
多么需要一盘粽子
熏香正午炽热的阳光

天空被瓦蓝地抬高
我划着龙舟　顺着汀江
把自己流放
我所见　岸边深睡不醒的鸟鸣
咬碎时光
渐渐遁入夏的深处

爱的寻找

想到爱　就想到冠豸山的蝴蝶
就想到依着山峦的五彩精灵

我的到来　使你成为摇曳的杜鹃花
你安静的心脏　被柔软的手抚过
冠豸山　这不再是你与一只只蝴蝶
花丛里的聚集　夜深人静的低语
不只是泼墨的写意　当我坐在一块丹霞岩上
就再也没有离开过

一切都是原始的　爱神在倾听石门湖的荡漾
时大时小的晚钟声——
我的心中装满蝴蝶谷的纯净

我的爱在一只纤小的白蝴蝶体内
游刃古今　冠豸山
在我的词典里剔除了你的苍凉
剔除了飞天的丹霞　悬壁的隔阂

是爱寻到了爱　是远与远的相望
每一只蝴蝶的翅膀上都住春光
住着我通向你
开辟出捷径的雨露　和这个夜晚以后
拥有你的全部夜晚

解读稻田的密语

六月的稻田
稗草欲望丛生
修剪我的头顶
风从很近的地方
吹起舞蹈的旋律
忘记了有水的日子
忘记汗水挥洒的辛勤
一意孤行的稻秧
风情万种
任一个有始无终的季节
随时随地　高过头顶

我　一个红土地的游子
一个吃了稻谷才能长大的人
在颠覆认知的田埂
隔岸观火

梅花山倩影

前往梅花山　临行前
你务必将大脑卸空　把胴体洗净
因为　还没有哪位佳丽
能从历史或神话中走出来　与之媲美
自然　她含冰噙玉的眼睑
容不得半粒沙尘

前往梅花山　会晤时
你切莫凝望她的面容
那泛羞潋怯的曙色　即便花瓣微启
都足以引燃你的血液
你更不宜入怀久卧　同她合影
否则　葳蕤的枝条叶片
定会长满你的身躯
镜头里　不是华南虎　就是红豆杉
人的一丝行踪　也难显形

前往梅花山　返程后
你务必学会遗忘　纵有万般眷顾

还须义断情绝
不然　这个头簪菊花　胸别松针
身着泡桐碎花裙的姑娘
既可攀上太阳　又可潜入月光
影影绰绰　恍恍惚惚
缠绕覆盖你的一生

一直这样看着

黑夜再长
有一盏桐油灯就够了
阳光再足
眼睛闭上就看不见了

站在汀江旁红土地上
看　一丛丛杨梅
一点点地红了
看　一群悠闲的河田鸡
啃吃着坡上的青草籽
看汀江水
缓缓流淌

我想　只要我一直
这样看着
就是幸福

故乡的半块月亮

多少年了　故乡的半块月亮还没烂
那年　赤脚的风怀揣火焰
划过我心爱的解放鞋和父母的额头

天空厚重得像段历史　褪变的是云彩
和山谷里追雁的少年

群山被时光尖刀剃去风骨　桐油灯沉默
不语　月色中的故乡　像极了一场谎言
父母彻夜谈论着稻田和灌溉　最后一段水渠
布道的水蜜桃　从我的粗陶碗皈依剥落

夏虫也整夜喋喋　超度着落日中的炊烟
狗尾巴草坚挺在山梁　倒数秋风的归期

那年那晚　我用小食指蘸着蓝墨水
在童年纯洁的封面　画下
故乡的一口水缸和半块月亮

五月雪飘

一山土　火红的皮肉
一树花　止水的内心
在春夏之交相遇　缠绕　形成了漫山的五月雪
多少次　眺望天涯　怒放在客家之乡
回眸　依旧在最初的天空
雪花飘飘　永远是梦境的召唤

无法逃遁　是泥土深处的根
在汀江之畔　一遍遍聆听风之歌
满身洁白　不沾尘埃　向着苍茫的天空
终究是一树桐花　还是以等待的姿势
静守人间一隅　盛开着　默爱着
空即是盈　冷也是热

难以逃离的一种亢奋

仿佛有一天　一个早上
仿佛不敢轻易触摸的黄昏
那些失落的　闪亮的　生活着的思想
向雨　向风　向着一大把疲惫而羞涩的早安
不管阳光是否如我　黯然失色
那些平整的灰色的灵魂和耳朵
都难以逃离一种亢奋　一种相似的废墟

其实　如此简单
让一堆灰色的情绪散在桌面
像一条穿越红土地的汀江
让风展的红旗　依旧猎猎
像满山开放的黄花
依旧沐着战地的硝烟
像一只高傲的白鹭
在空旷之地
抽象　颠覆了人们对白鹭鸭的认知

尘世苍茫　我置身的汀江

至少有潺潺的水声
至少可以想象拍岸清脆的交响
尽管它们不生长在旷野
这日子　这年月　我已经知道
仿佛一只水禽的黄昏
如是开始

天宫山　禅起法眼

恬静之上　四野都绕着兰花
都有香樟　都有朝圣的人
接近于天堂的门槛
我不想惊动他们
于是　我把内心的香火
交给半山的鸟鸣
于是　我躲在天宫山的观景台
看半轮霁月

在那里　大片大片的森林　星空　溪流
他们怀抱石阶　触摸遍野的花朵
如同疲惫无望的
丧失了光辉的心灵
触摸一朵删繁就简的金铃花
那些貌似幸福的灯盏
如同一种梦想　散落天涯
一如既往地追寻
虔诚的方言

比如一万种树叶沙沙作响
比如客心泛流水　华岳听琴声
是谁　在万年的岩城
留下亘古的红土和河流
是谁　在大师的怀里
留下众生的烦恼
我不得不怀念
万物之上一朵慈悲
开在静水微风的日子
生活在此地
我不想抵达　也无须怒放
尘缘未断　不在乎半路出家
今天　我有幸做沉默中的一个
躲在阳光的耳朵里
聆听一朵莲花　随一缕炊烟升起
而此刻　三千尊慈佛一万盏心灯
为我一挥手　千古禅音
穿过那些炽热的门槛
像一千盏金铃花
在天宫山上　喜庆吉祥

漳平水仙

九鹏溪　层层叠叠的绿
尖尖的小叶温顺地躺在你眼里
说着当年的心事
从山中茶园的轻语到岩城茶室的舒畅
经历了什么　那紧紧蜷缩的叶片
仿佛一个个故事在逐渐展开
将自己浸泡成一壶温色
拂过漳平多雨的天空
她　成为你失散多年的手迹
故事还没有成形　无须打探隐秘
轻呷一口　就咽下了南洋
和南洋所有的烟雨
而你　却将茶杯掬在手里
温热双眼
嘴里默默念着
一个叫“水仙”的女子

在月光下行走

这一夜　你在月光里飘摇
缺水的灵魂走进了红土江山
打捞展过红旗的汀江月
我在月光下行走
看一袭风雨蓑衣
浮尘在衣身上熠熠生辉
一叶扁舟烟火袅袅
此际　我的今生消失
我的前世溯回

这壶月光　且酌且吟
浊世的风花　抿一抿　灰飞烟灭

千年红豆杉

一个人行走多么孤单
一个人回到梅花山
我总会在这里漫无目的地迈步
比云朵更乱的步伐　走出一连串的你

我不能就这样留下你和华南虎一同沉默
或者和山鹰一起盘旋
我想让你回到我六月深处的心灵
回到流水和又深又远的深山老林
走入梅花山深处
群峰曾阻拦了我心灵的回声
我分开茅草寻找梦中的红豆杉
我知道这一切将是多么痛并快乐着
我不是为了忏悔或者赎救我流浪的心
不是为聆听高远的风　聆听岁月的翅翼
扇动这些静默的山野

千年红豆杉　我不去回忆　也不幻想
我只是想在你的怀抱中活着

学着忘却和坚信　躲在你们的苍茫中
绕过黑夜和黄昏　只想爱和恨时
拥有一个简单的理由

深远的岁月回声被一群鸟带起
溪水无息远去　迷茫的山野
风吹草低中红色的岩石
只有你是唯一的　千年红豆杉
我在余晖下的深情眺望
是你让我泪水涌出成为星辰

吟唱往事

白天耀眼的光芒渐渐退隐
黄昏渐渐退缩到低矮山林
只有这满山遍野的杜鹃花
还在玩火自焚
不停燃烧自己
以温暖指引孤独的人们

深夜没有旗语的汀江被遗忘
我却正将它的寂静和落魄探访
在星月的鼓动下
沉睡的萤火虫纷纷苏醒
你明我亮
为我送来星星之火

想起那片松毛岭上
战地黄花依然飘香
灵魂与生命的一次次聚会
我只能独坐这片苍凉的月色中
将往事在心底反复吟唱

山湖之恋

五月向晚的夕阳
集齐了风生水起的
山川与湖泊

花色铺就的毯子
一袭香衣的履带
便扣住六月的心房

鸟儿用飞翔筑起的岸
在湛蓝的石门湖影
抖动羽毛

而我下了一树圣洁的五月雪
让落日的余晖
尽情地挥洒柔情的依恋

冠豸山　人间仙境
就此上演一幕
价值连城之恋

巍巍松毛岭

多少次　遥望星空
我不敢　在月光的静默中
直呼脚下这片红土的名字
就让光阴穿过针线
把你想的每一句话说得浑圆

多少次　面对眼前的这条汀江
面对漫山遍野高古的油桐花
和山中肃穆的无名烈士纪念碑
我看到了　天宇自有它坚硬的脊梁
大地之上　背负着风雨雷电
和漫漫长夜的灼痛

而平静的岁月　袅袅的香火
微风中映山红绽放的情景
以及鸟儿在歌声中飞出巢穴
展开它飞翔的翅膀
这些　无不徜徉在蓝天的光泽里

月光可以掩埋远去的岁月
却永远掩埋不了
被信仰染红的土地

汀州女子

我不想猜测　一瓣月光滑落的姿态
一汪春水在此怎样地倒回
十里水乡绸缎般的水色
融入羽毛的轻氤氲
而清亮在水一隅的汀州女子
手握花笺　踏水而歌　她腮边的月色
种出了一股暖意
湮没脚底的油桐花
更深　更寂然

樵夫的刀镰
在月光的河道凿出一条清流
暖暖地碾过破旧的手卷
和不为人知的庭院
流年的光阴　击穿尘缘
几两月光　剥落一片
再缤纷一片
为我刮骨疗伤
一场无邪的疼痛　美得荒唐

玄幻之门

城楼时光的影子
洞穿了情感之波
更多的树林　沉默
更多的阳光　掠过汀江　和这片红土地
没有比阳光更锋利的兵器　多情的花草
等待温暖　穿过肺腑
还给生命真实的呼吸
有飞鸟带来灵动的日子
在城楼上高唱　八百年一个轮回

玄幻之门　在汀水涛声之外
遥远的梵音仿佛一场细雨
红尘因此寂静　五彩斑斓

阳光的五指
打开不锁的济川之门
更多的抒情　在汀江以北
在一个人　不能说出的内心

汀州的雨

汀州城的雨
下的大抵上是
浓烈与决绝的
像今日这般
婉约曲折
欲说还休
烟雨样气质的
很少很少
若是长久
倒也让人欢喜
哪怕生出些许惆怅
也是好的
就算片刻
也总是聊胜于无的无边风景

丁屋岭等你回来

在五月　让我沐浴一场朝雨
然后从汀江出发
爬上通往汀州的丁屋岭

作为送别
你可是早已就在前面山寨口
把我等候
盈盈而立　不撑油纸伞
让我一眼就看见你泪水洒湿的
长长水袖
看清我呓语深处潜藏多年的那弯蛾眉

千年以来
叫我只记得
那一树你身后的五月雪
我锦绣文章早已在赶考的驿站中悄然遗落
从功名路上折身返回
我身轻如燕
回到田野　回到南山　回到你的身边

从此　就和你只谈春种秋收
只谈一园子青绿的年景

暴雨连城

7 月 22 日的那场雨是天空剥落的漆
落在了闽西连城
一整个夜晚，灯光多余，屋檐多余
梦境背面的痛痒令人不安

隐隐听见山洪磨亮爪子
窃听文川河溪石的胎动
金鸡菊卸下了体香，将黄色的战帖
送抵冠豸山的丹霞领地

我感到一些带水的偏旁
正经过听雨者的名字
并改变了他们的词性
我始终跟着云跟着雨，亦正亦邪地活着

九龙江烟雨

九龙江盛产烟雨
至今不见收割

低到江上的烟雨
把扁舟弄淡
浓到永福山上的烟雨
把月亮压弯

我只带着一颗心来
在烟雨迷蒙的时节用心呼吸
这久被烟雨侵蚀的心呵
叫九龙江情结
也叫放心
放下心来

至于鼻子
它可能是你眼中的一座远山
烟雨迷离中
你得用心去看

第四辑

连城将军山

读一篇与三江源有关的文字时
想起了连城将军山　想起
将军山的威严与忍耐

想起那些巍峨的轮廓
以及拒绝荣耀的冷漠
想起人迹罕至的九龙江源头
才有可能呈现圣洁的光芒
想起将军山跟当年红军一样
而不像被他们俯瞰的那个城镇
很好的人跟很坏的人
得混在一起活着

秋风再一次　从
红土地上吹了过来
那种无处可寻的豪迈
无处不在
我下意识地登上山顶
以便与自己靠得更近

比河流更善于崇敬的只有一往无前的英雄
比山峰更加巍峨的也只能是一生戎马的将军
在我看来　那
缺少色彩的却是红色的忠贞
好像不是什么单调
而是一种态度或者行为

好像它们在红土地上
在缀满星辰的天空下矗立了那么久
仅仅是为了让我想起
让我于此时此刻　让
音符打开心扉　并让风声鸟鸣
在岁月深处悲壮地悠扬

红尘难逾石门湖

闭上眼　听过往的秋风
从这个山峰　吹到那个山峰
顺势将一群白鹜鸭送上了天湖
却难辨踪迹

云层相互交叠　冠豸山被压得更低
汀江在壮阔中
把一个人的传说递交至远方
客家人四处跋涉的身心
如此　不再困倦

美如画卷的江山
抛洒过哪位英雄的泪滴
美人在前　迟暮在后
红红的灯笼　醇醇的米酒
不是哪个远行的人
在此　都能享受

冠豸山　为什么我没能长出翅膀

却从空中俯瞰你全貌
为什么面对东山草堂的江东父老
却一句话都说不出

红尘难逾山顶的石门湖
我多么渺小
一颗空荡荡的心
又如何在星辰将起的时刻
归于平息

爱的表达

它在梅花山深处醒来
汀江的水雾托起一柱炊烟
还有不紧不慢的夕阳悄悄走过
我看见了你　疼得更深一分
便再也拔不出那缕目光
我们相互依靠
窥探不透内心的神秘
在这寂寞的荒野
百灵鸟和花儿一起做梦
彼此安慰　用斜阳烘烤心与心的距离
一双温柔的手捧着我
让等待和相守安安静静
也曾大胆地表达爱恋
东篱下的家园就这样安顿下来
在悠悠的南山前什么都不说
淡淡的草香　我柔软的视线
揽住一束秋风却抱不住你的梦
爱就爱了　此刻　谁也不怕伤害

汀州古渡

无法想象当年的渡口
千帆竞发　百舸争流　南下北上　东来西往
浩大的水声是如何淹没了别离的泪滴
只愿此去经年　良辰好景　千里婵娟

漂泊再苦　总有归来共剪烛花的梦
离散再痛　总有城楼亮着的一盏灯
晨星里　多少次挥袖而别　烟波渺渺
夕照中　多少回执手相看　汀水悠悠

桑田沧海　再长的光阴也不过弹指间
如今　我家居闽江边　水流清浅
每当听吟古曲《汀州八景》
总是迷失在十个城门九把锁
古渡口的阵阵涛声里……

东山草堂

丹霞　流淌　波光在脚上
时间在脚下　平仄是一袭青衫
惦着　端着　提着

怕是撞上柳丝如雨　纷纷而下
在渡口　淡雅是淡雅的码头
飘逸是飘逸的山门

对于东山草堂的人　江左　风流　落花　百草
都是她的琴声　谁是你的书生呢
额头线装书　一脸古铜色

那是你的冠豸山
为了一段情　付出三生
无非夏日不懂春水

无非孤独遇到孤独
一把扇子摇着船　一艘船
摇着光阴　慢慢地咏诗　喝茶

启程了　撑起船篙　让烦恼躲过
结局　那年的秀才中了举
那年山顶帽子　在戏台上唱红了脸

惊鸿一瞥

怎能不说一瞥
一瞥就是惊鸿　就是色彩
眼神如妙笔　描低枝头　曲折有致
我清楚　一窥就能把你读懂
起风了　你心底起风了
借红土情怀　暖色　传递慌乱表情
我离开　不再峰回峥嵘往昔
不再演绎栀子花开　映山红遍
只叙说红尘迷茫　盘根错节
怕一簇客家的动感方言　你接不住

守候着一缕夕阳穿透胸膛

那千峰横卧在眼里
从那个黄昏到无数个夜晚
春花绚丽地扎根在冬雪的体内
秋虫夏鸟啾唧在汀水港湾
笑声穿过红色的土壤
刺痛天上的泪眼

捏一撮零散的文字
曲径通幽
天籁之音来自白沙岭
无数次回来采撷几缕夕阳
系上山泉永恒的思念

牌坊上没有太多的文字
时光的刻刀扎埋在客家人的心里
肩头上依然兰草幽香
一坛酒几十个春夏秋冬
缄默于心任风撕开皮肉

站立在山巅离夕阳最近
前面山崖陡立
身后的桐花落满叹息
凡尘中有多少情爱千峰竞翠
守候着一缕夕阳穿透胸膛
把荣耀定格在一座牌坊上
海枯石烂　地老天荒

时间从黑到白
在你的影子里日出日落
诱惑的季风吹过
山花灿烂的芬芬望眼欲穿
我在风中在翠峰的怀抱中
如水般行走

看见那湾上一排渔舟
长篙顶间浮云轻绕
我知道你在清风里悠闲
看饱满的露水在草尖上聚集
还是那些冷峻矗立的巉岩上
有一行行热泪滴落

隐身守望

这一年　额头的曲径更加幽深
一些冬春换季的衣物
躲闪着呼啸而过的气流
我知道　活跃的春雾里
闪现着爱的影子
但　黑到眼睛里的守望
常常刺疼肌肤

好在　有足够的孤独思考喧哗
谈论月光佐酒的心得
还可以乘着酒兴
和龙岩花生交流掰壳的快感
以减缓指头的悲伤
或　试着用一个心仪的动词
去阻挡隐身而泣的忧思

这一年　我的额头被无数双手
翻阅　落叶　落雨　落雪
充实的内容
怎么会在孤独中凋谢

给我一杯忘情水

这培育你情感的汀江水
这在我诗歌里流淌的汀江水
一年多来　一直在我的心里
用你的声音　歌唱

当汽车驶出了红土地
我还是情不自禁地向南
眺望　那一江南流的汀水
跃入我的眼帘　滋润我
心中的渴望

一连几天　我用江水
泡茶　用江水沐浴
头枕汀江入睡　我神清气爽
仿佛你时刻伴随身旁
水的韵味　别具一格
水的抚摸　意味深长
甚至每顿寡淡的菜汤
我也比他人多喝几口

竟然喝出你的笑脸
和身影　你来过的地方
让我觉得这就是故乡

临别那天　江水
以雨的形式　泼在我的身上
我的心筝　弹起了云起雪飞的曲调

带回汀江一杯忘情水
摇一摇　我就能听到
春江花月夜的旋律
江水在灵魂深处奔腾
用你山茶花的嗓音　歌唱

月光下的江山美人

一枚柚子
挂在苍茫的时空枝头
因为成熟
枝条有了弧度

江山美人
把自己的赤热胸膛
托给起伏的苍山
以及空茫的云海

吞云吐雾
不仅仅是一枚酸甜
浑圆　也仅仅是抵达一驿的梦
红尘疼痛　一地英雄血

孤烟又起
月又朦胧了一丛丛荒草
山鹰带着剽悍的一声叹息
如果军号响起　那号声里

一定会飘出
猎猎的战旗　嗒嗒的马蹄
仿佛整座山峰背在肩上
谁的江山　谁的美人

珍藏院田

你赠我一节别离
生命里又骚动了一次
煎熬的承受太重
儒溪里是否还有泪滴

一次吻别分成两瓣
飘到了遥远的院田
我想小心地珍藏
不知何时还给我的房东房西

你的心是否还那么炽热
那棵橡树已经老了
只剩你心底一簇圣火
烧我成黑洞痴痴地等你

岁月是一扇窗户
打开是一片星光灿烂
合拢是一笺灯下诗篇

要么　吟咏在一起
要么　孤独地别离

跟往事干杯

在一个阳光充足的下午
破译红土留下的手稿
心底的秋天
又在往事中复活

去年的老台历
揉成一团浓浓的心思
把贮存的往事层层解冻
泡一杯漳平高山茶
还是解不开那段心绪

赤诚
挂在高高的枝头上
风吹雨打
让时间又长出了枝杈
林中空缺的那段故事
开始续添生长的空白

灯笼

在往事的景色里一见钟情
斟满一杯甜甜的米酒
跟往事干杯

培田鹭飞

我喜欢培田旷野中的白鹭
在青山绿水的背景里飞
不必多　就那么一只　两只

青砖灰瓦一片的村庄格外安静
被雨水　山风和体温磨光的乡愁
铺在巷子里　不用看
我也叫得出那些散落田野吹落风中的姓名

你知道这斑驳的木窗
晴天的光线　雨天的霉味
但你不知道我至今还会携它在身边
一有空便打开　就着虚幻的山水
看一行白鹭飞

住在梦里的人被人摇醒
对梦呼喊的人住到了梦里
那在青山绿水间握着眷恋
拍翅而飞的单薄　只不过

无问西东　奔赴一场无境之约
一去不复返的游子啊
我相信你终究会回来的

别离汀州

汀州　一个温馨的词
里面有一个家
两扇门永远向北敞开着
远去的一只只大雁
都是客家人的子民

冬日暖暖的汀江是慈祥的母亲
风儿正拂过绿色的浩荡
晴空如洗　青山依旧
欢快的雁鸣在云的前方
此刻　严寒还蛰伏在遥远的北方
为何我却已在北上的途中
一座座无话可说的站台
匆匆而过　早于归雁
我已来到闽江之畔

第五辑

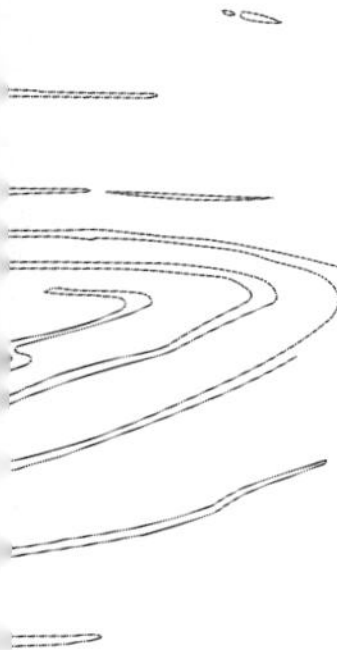

又见白露

又见白露　再历沧桑
不只是浏览一路战地黄花
一道残壕　一座冷月寂凉的松毛岭
正高过一片众口沸嚣的城池
焚香者站定无名荒冢
我看见英雄　并在其百米之外
汀江大水画出万家灯火
我与一面旗帜相对
看出漫山遍布红光

又见白露　再历沧桑
肯定你一路苍茫
对岸　月落三秋
浮叶漫过冥暮
你纠缠中的纠缠
好像就是积攒已久的惊慌
已无法狼烟再起　也无法立马横刀
让无限的箭镞　叩问关山重重
你的荆棘　沿途狼藉

又见白露　再历沧桑
在盛名之外　一枚忘我的瓦当
正高出许多人的想象
风霜骤起
明白了春秋的江湖
澎湃了自己的魂魄
我不在一只寒蝉后面锁眉
我的仓廪　回望秋分
飘洒着稻谷的清香

空谷幽兰

人过中年　心静如一潭清澈的水
不说暮色给自己的童年
披上朦朦胧胧的憧憬
当一阵风　吹响窗前的小铃铛
把客家的土楼　从岁月里
过滤了昔日的青春　我幽幽的孤单
挂在山坡上的一丛兰花草上

没有阳光　低飞的鸟　迟钝　颤抖
吻合了高处的寒　一头暮归的老牛
在山坡上停下　一丛兰花
遗忘于人间烟火　却博得整个山谷

生于此　亦安于静　风霜和饥渴
是流年带不走的苍凉
凝听空谷的梵音
兰　是一位清纯的女人
她委于贫瘠　孤傲睿智
鄙夷阿谀　坚韧不屈

空谷幽兰
除了大地赐予的淡雅　谁又能读懂
天地之间　雁过无痕的迁徙
在一场场寒风中本色不改

人过中年　浮躁和激动已成过往
一句平铺的语言无论怎么修饰
也避不开生命中走远的风景
即使窗前溪流潺潺　激荡不已
即使门外丹桂飘香　夕阳无限
我也只能　抱一股秋风与其兑现
像谦谦君子从容地　摇曳

红豆杉带走我的痛

总是在寂静时刻　它们像蚁群一样
爬上来　爬上来　在我心头
一滴浓墨慢慢化开　化开
我宣纸般的心

仿佛忧伤也需要来由　需要资格　需要底气
一潭死水　祈祷点点波澜
也不那么容易

初秋的夜晚
我独自站在梅花山上
四野藏起喧哗　夜色渐凉
风　将不远处华南虎的呼啸送来
隐隐约约
荡漾在林木和那些
虎园的围墙之间

刚过的夏天　台风将那株老树刮倒
思念的红豆杉将我最疼的痛带走
我今后的悲伤啊
将一贫如洗

装扮土楼

借一缕洒满大地的阳光
寻找红土地上有温度的足迹
秋风吹过万物瑟瑟颤抖
弹奏出歌调的音符反复吟唱
窃听者　隐居在深山的土楼
感受汀江上发出强烈的气息

土墙上刻满你流逝数百年的古迹
如同年老微笑的表皮般灿烂
岁月　亘古
让时光蘸着风霜和白身肉血打磨
那闪闪打磨光的斑点
就是用意志打磨出来的
越打磨　越圆润
越打磨　越光亮

一切在自然中永恒而静默
土楼　你到底装扮了什么
哪里又能需要你什么

局外者
一副天真烂漫的笑脸
染红了整条客家土楼沟

在秋风里依旧拔节

褪去八月的潮红
秋风　在一节节的清凉中探到了我的骨头
和我越来越近　仿佛又有铿锵之音
和秋天发生了碰撞　但我无法模仿广场上仪仗的脚步

八十年前的情景　浮现着拼搏的刻度
浮现着刻度上飘扬的红旗
浮现着一群围剿者反而楚歌四起　囚困于怒吼的大水之中
此时　一个人的赤壁会不会被大火焚烧
一座被秋天映透的城市能不能穿越经年的大雨
秋天　只有秋天　高过我们的头顶
在它节节攀高又迅速枯萎的金黄中
我有过喜悦的眩晕　我有过这些年的沉默
被播种在火红的土里
在秋风里依旧拔节

梦幻的意识

秋　飘逸　叶　金黄
只因我血液里流淌太多的风雨
错过成熟的九月
错过你散落下的果实
漫长的黑夜
有盏心灯闪烁苍穹
远方　我曾抱住诗笺靠近你
路　坎坷在心甘情愿里
放弃温馨
开花　吐蕾　拔节　结果
仿佛是我梦幻的童话
夜深　汀江水正渐渐涨起
它奔涌的柔情弥漫过红土地

松针上的歌

你在松毛岭
在汀江之南
在雁翅之下
在我心之上

你以梦为马
在云端漫步
在山顶狂奔
转眼就万水千山
抬脚就一世光阴

在红土里寻找前世的姻缘
在汀水里打捞今生的爱情
在一朵杜鹃里小憩
在一枚松针上放歌

出土的故事泪迹斑斑
出世的炊烟天高地远
风展之间你已跃过汀江
身后掠起无边的蔚蓝

冠豸情景

这是谁的秋天　天空掉进了乡愁
大雁犁出一条沟痕　田野仍在你的怀抱
有两只蝴蝶从伤口里飞出　我为你又一次迷路
不知道能不能绕过偶然的石头　跨过必然的桥

轻轻地闭上眼睛　以最完善的方式呈现
把所有的色彩　声音　气味合并
你一动不动　我开始相信红土上的影子和风声
一群白鹭鸭由远而近　看上去很幸福

行走在冠豸山栈道上
过往的客人瞪大了双眼
一群客家妹子
一脸真挚的表情　恰到好处的莞尔　别致的清纯
寻找秋风从早说到晚的海枯石烂
陌生的口音经不住客家方言的盘问
怎样才能用一曲山歌把花轿哄上山

猛虎踢踏梅花山

一只华南虎的忧伤
是梅花山
一株红豆杉的树干　千年不停地响
年轮里走动着雷火
还有春　夏　秋　冬
他把一身斑斓的寂静
印在外衣　让时光慢下来
倚靠在栅栏
是永恒的悲伤　他守着黑夜
和黑夜的秘密
守着千年古道　和古道上的夕阳
如果东风不来
他无法吐纳脚下杜鹃的气息

猛虎踢踏
一阵苍凉　一阵萧瑟
那个从经书里跑丢的孩子
是否还需要我们的神
这样的善待　牧养

天宫山自梦中醒来

夕照眷恋着新罗的山之巅
溺于淡漠的浮香
天宫山自梦中醒来
令清凉的法眼慢慢睁开

清凉是一朵祥云
水纹般弥满心头
穿过禅院的墙棱
恰似穿过过往的烟雾

庭院的钟声敲碎了星光
星子守着寂寥的山径
径林守着沉默的云
在云中唱着梵音
风起了
月下扬起一羽袈裟
飘落了花瓣几许

落花的夜里

有多少失眠的人
无苇可渡的九龙江
谁来引领

山中的云多深邃啊
一种梵唱是一种禅
参不透的　吾心
夜　拥着寂寞
我心　投向沉沉夜

汀江洪峰

汀江洪峰来了
你让我承受　淤泥　残壁　荒芜
敞开的岸和倒下的树木……
让我孤零零的　眼睁睁看着自己的家园与往昔
被一点一点沉没毁坏
我想留住你往昔的样子
那时田畴　山峦　漂流的航道和浪花的欢畅　山间飘落的红叶
你的清澈和灵动是否可以擦亮沿途的风景
你缓慢的波浪有没有抵达
你背弃的土地和村庄
就像黄昏　你需要告别和接纳
黑暗莅临　此刻的汀江再次覆盖了
时间的伤口与人类砍伐的败笔
月圆月缺中　你虚弱的身子
将被一种长期的隐痛所瘀伤
在草木轮回中
尘埃低于一切　在漂流中　所有的怀念和美
都成了一堆废墟　所有的
都会被宽恕　原谅　我相信

有一天你会带着月光与露水
从千里之外返回

古田秋雨

雨抵达这里后更加激动
除了荷叶上的响彻　跳跃　飞舞
就是阳光下的热烈　清澈
如一滴滴硕大动情的泪珠
滚动着天空
只有风翻卷着的荷声

这里是蛙鸣和萤火的家园
这里有一杆杆扬起的旗帜
漫天的喧响澎湃
告诉我们星星之火可以燎原
丝丝的幸福世泽绵长

这高出的水面
朝日　燃烧　火焰
冲天的火球儿照亮了古田秋空
让一对坐在荷塘边的人
回望了一九二九
忘记了回家

杜鹃花可以作证

当山花热情高过警戒线
我会选择坐在岸边
让夜色　压低翻涌的水波
这时你和你的影子
会层层叠叠

满坡的杜鹃花　可以作证
你眉间的红
没有辜负你的期望
你手心握着的那条汀江
固执地奔赴无境之约
在那里不停地吟唱　抒怀

我只是一个匆匆过客
在你对岸
热情细致地打磨一枚汀江石
询问它
为什么对急流浪花无动于衷
为什么不去堵截岁月的缺口
为什么　又不随波逐流

土楼处暑的时光

飘进来的一丝携带阳光的雨
在这个处暑的黄昏　是我
满腹心事中最炫丽的一朵
隐埋在心灵深处的荷塘
一只蝴蝶径自滑落水中
土楼的窗帷被风拂动成
一个季节的呓语　很淡
很轻　面对我的脚步
轻叩土楼的寂静
如蹲在朝拜的祠堂
陈述心中流浪的伤感　只为
一个承诺　向土楼外的小溪　竹林　坡上的那棵柿子树
表达一份　注目长远的抚摸
楼外　风轻鸟鸣
一种向往　围绕着土楼奔跑
只为一缕阳光环绕的温度

守候丁屋岭

丁屋岭　一座乡愁守候的村庄
疏远了我的记忆　锈迹斑驳的
石寨门　心里最幸福真实的痛

乡关何处　一条石台阶伸向村落
呢喃爬出山峦的跌宕崎岖
青青藤条随后　在心空蓬勃生长
遮住了黑灰瓦　黄泥墙的风风雨雨

站在乾隆年间的老古井旁
以寻觅的喜悦仰望长寿老人脸上的颧骨
还有纯朴的乡人不约而同的身影
拒绝茁壮的辣蓼草或一支支艾蒿抚摸
面对匍匐在屋檐下的炊烟　漫过了清晨
是谁在心中涌出幸福的诘问

旧时光温存的丁屋岭
柱檐不倒　川枋屹立
屋前老树昏鸦　庭内无蚊无扰

丛草　杂树　满地黄花
都抵不过那块硕大的蟾蜍石发出的沙哑声音

丁屋岭　一副纯真的模样站在山野
一缕音符般拂动微凉的风　渗进
我朦胧的双眼　像我在寻找隐隐的水声　最后的尘世
和挂在一条小溪上的满天星斗

夕阳中　鸟儿归巢
单飞的蝶　低垂翅膀　丁屋岭
你一言不发　我喋喋不休
你在远方越来越小　越来越孤独
就像客家母亲手捧豆油灯
在夜晚　将满腹心事煮成
一碗碗灯盏糕　红菇米粉
和香透千年明月的沉缸酒酿

红土地自有它坚硬的脊梁

多少次　遥望星空
我不敢　在月光的静默中
直呼脚下这块土地的名字

多少次　面对眼前的松毛岭
面对山坡上苍劲挺拔的松林
和庄严肃穆的无名烈士纪念碑
我看到了　红土地自有它坚硬的脊梁
在大地之上　背负着风雨雷电
和漫漫长夜的灼痛

持一盏旧战壕里闪烁的新灯火
领悟秋风中百香果膨胀的喜悦`
以及鸟儿在歌声中走出巢穴
展开它飞翔的梦想
这些　无不徜徉在朴素之心的陶醉里

月光可以掩埋远去的岁月
却永远掩埋不了

被信仰染红的秋色
站在红土地松毛岭上
触碰到了我们思想的脊梁

领略河田

谁见过赤火的河流
逃出史籍
在荒野上浪游

炙烤你的皮肤　烫伤你的目光
老人想从对岸走出来
任风剥雨蚀　傲然于山水间
活成一棵尊严的百年银杏
是他少年时的追求
草鞋焚掉了　人变成雕像了
一河的信物
流成杨梅一沟
流成板栗半坡

传说似无似有
荡成耳坠的清澈
盈淌风的沉醉　等我
领略河田　相信了传说
那片湿地酿造了一樽樽“红军可乐”

诗入汀州第一城

月光柔柔的清辉　宠溺
汀江的初秋　静美　古朴
月色深处　谁家小儿
吟诵着诗词　稚嫩的童音
飘飘摇摇　氤氲漫漫昊天

采茶歌　扑蝶舞　任水裙风带
纵情龙山白云　朝斗烟霞　拜相青山
赋新词　入主汀州第一城
多少风流人物　多少雄心壮志
多少传奇　佳话　一段段一幕幕

起伏跌宕　一千八百多年的岁月
孕育的古老悠远的辞赋
缓缓漫过时空
与你一道消尽汀州炎凉
不要落霞的腮　不要细柳的腰
汀州曾经的辉煌　客家人过往的激昂灿烂
你的一颦一笑足够淹没城中唐诗宋词的吟唱

也许只有一次跨越

我以为　这是一次远游
像一首诗的开头　意境会逐渐深入
天空干净得有点冷清　而每一颗星星
都在寻找燃烧燎原的理由
月光如水　更多的怀念和语言
只讲给这片天空

不知何时　色彩诱惑过视野的光芒
单纯的思想　又一次一意孤行
在角落里发出的叹息　低到江面
让能盛开的尽情盛开　不再孤独
把念想慢慢脱身　那块上升的云朵
因牵挂而一再回头　此刻
我看到了你眼睛里那一块红土地

这片拥有神圣的红土地　为最初的信念
一次次应对苦难　不知道此时我是一面迎风旗帜
还是一条叛逆的汀江　要流向何方
那如同江上大雾一样脆弱的时光

现在一寸寸缩小
成为红旗跃过的种种缘由
也许只有一次跨越　但可以穿越一切

岭上青松不老

我还不是最先到达的
松毛岭　丛草　杂树　弹孔斑驳的木屋
因为高度　飞鸟也显得高远了
高于尘世　高于我
日渐明净的心

已过了轻率地爱上某些事物的年龄
当松毛岭的晨雾散尽
当汀江两岸的原野　尘埃红遍
我知晓　世间万物
大抵不过一棵青松的宿命

在红尘　也还必须爱上一些事物
才能够安慰卑微的人生
当我攀上松毛岭
仿佛早已是她虚位以待的组成
青山不老的气节
从容的波澜不惊

汀水辽阔

月色轻漾　汀江洁净的肉身
作了秋水清风的新娘
将仅剩的一截肋骨
深种在红土的掌心　不问长势　不问收成
只剩一丝空白的尘念
在冠豸山骨节上淬火

土楼围空　凭虚御风
蓝色的月光　是白鹭疯长的翅膀
飞过山冈　飞过田畴　却飞不过
一汪秋水所构筑的辽阔

这是一个目迷而眩晕的季节
无论出世或入世
都将被放逐在汀水月光之外

回眸上杭

细雨布满了八月闽西的天空
偶尔漏掉的一缕温暖
尽情地泼洒在临江楼偌大的窗上
一盏闲茶　三炷清香
呆坐在汀江千年渡口的橱窗里
品味满眼风雅

暮色中梅花山纠结地立在窗外
轮回在不同的标尺上
我们却都在翘首期盼
期盼华南虎列队款款而来
期盼岁月最深处诗意院田的那些吟唱
期盼那客家女子拂袖淋花
期盼汀风古韵的古渡口上那抹秀色

一池荷香
画家华嵒的一窗心事
把我深深地沉陷在今天柔软的沙发里
眷恋的水仙茶香依旧飘在眼前茶几上

我却不得不在你的记忆中重新起航
回眸上杭
一眼千年

悲情老街

仿佛永远不再的迁徙
店头街
我那曾经飘荡酒香的老街
那些令人心醉的叫卖
信手拈来的问候
所有的喜怒哀乐啊

小街周边沉重的打桩声
吵醒了老街久已深睡的梦香
风疾步而去
斑驳的记忆挤得粉碎
老城区大步穿越
伤痕
浸染每个角落缝隙
老街里的欢笑已经剥落
如遥远的风声
消逝而去

所有美好的离别

都成为老街悲伤的理由
再也找不到小时候十个城门九把锁
再也听不到老房子龙钟十足的絮叨
所有的美丽与哀愁
都跟随岁月的脚步
留在了
时光与记忆的深处

我在汀江学会了成长

多少希望　有一次偶然
一次突然的心跳
让我的脚步慢下来　把你的名字
擦拭出光芒

银杏树早已经习惯了沉默
我的呼唤　还在山谷里回响
你说　汀江流水远去了
还有粼粼波光　白鹭飞远了
还有追随的歌唱

我在汀江　学会了成长
学会了珍藏　怀揣着暖暖的承诺
徜徉在曾经花开的路上

梦居土楼

青春的快捷　轻盈
已绝尘而去
中年冷暖自知　欲望浅淡
储着沉稳的倒影
从柴米油盐里
垂钓出土楼悠悠的乡愁
在静美的时光里
把长短不一的日子编织出图案

暴雨　雷霆　风霜和阳光
都能悉心接受　看成顺理成章
高血脂和啤酒肚与我跳贴面舞
是上帝提醒我　要常怀草木之心

我不在南山隐居
也不醉心于桃花源
在内心种植一盆兰花
心平气和
与我面对的土楼生涯握手言欢

远古汀江

汀江　自远古奔腾而来
一个个深不可测的漩涡之下
隐藏了些什么
谁在闪电划裂肌肤时欲言又止
尽管守口如瓶
那蒙蒙的苍穹有谁知道她的疼痛

此刻
疾风已过远山的芳草
在村庄里温柔下来
太阳将深情的吻印在她的额头
金色的涟漪
扬起风雨过后平静温馨的笑容

岸边　芦苇拨响了琴弦
白鹭引吭最单纯的歌谣
因为爱
所有的苦难于今生前世化作粼粼波光

汀水故园

会想起一座远山的灿烂
会想起一潭湖水的清澈
夏天有莲花　蛙鸣
秋天有飞雁　红叶
会想起一条山径　一座拱桥
一片稻田　就是一个春天的守望
一场细雨　就是一次汀江的相遇
会想起两只手相牵的温暖
十里秋水　看一只鸟飞向斜阳
十里清风　吹起一只蝴蝶
从夏天的白花飞到秋天的红叶
慢慢落在你的身上

会想起路过的每一个村庄
都是同一个故事的不同情节
喜欢桐花的质朴　桂花的芳香
但更愿意用一朵战地黄花形容你
小小的干净　美丽
小小的善良　不屈

会想起一片热情的红土
那是我们的故园　和一坛甘醇的米酒
会想起一场两个人的酒事
你脸红红的　我脸红红的
每一个季节都是丰收的九月
金风送爽　月光和目光浩荡

第六辑

那个银杏飘舞的时节

仿佛一群黄雀随风飞舞　它驻足的地方
有谁看见那么多忧伤高挂
却没有饮泣出声来
银杏　银杏
除了风的响动
你惊现的飘逸遮掩不了落叶的隐忍

一贯的沉默　清淡之叶香
浸润了我身后多少红尘岁月
允许我借一缕微风深陷于你短暂的气息吧
为这熟稔的黄　为这周而复始的冬天

群山静然　行者如织
一颗疲惫的心在黄叶簇拥的山坡上逡巡
好似寻找早年失散的亲人
炊烟缭绕的地方　有客家母亲的呼唤
曾一度驱散我内心的饥饿和寒冷

冬天来了又去　那个银杏飘舞的时节

母亲憔悴的面容瞬间模糊
一同结束的　还有缠绕母亲一生的
贫穷的屈辱　苦难的沧桑
那是迄今我对冬天最深的记忆

圆梦土楼

山水无穷尽
身体有枯荣
落叶埋径处　红旗过汀江
我已经不再徒然风展
为什么要一次次地离开
长久以来我就像孤单的行者

无论走到哪儿
无论哪一片雪山草地　湖泊森林
还是哪一个古镇村落
哪一条江
都让我看到
红土地　梦里故乡
早已存在于我的五脏六腑
土楼　让我圆梦　让我心醉

诗意院田

给村头那棵古榕　提示秋风
给儒溪一些想法
如果我们去院田　一定是穿心走马到九厅十八井
寻找自己的体温
让奠攸居　爱君庐古民居包围自己
去幻想一场诗意的爱情
经过一座石桥　经过尘世的风
得到溪水的同意　一片撑篙竹的原谅

秋天到了　瞬间一片叶子就黄了落了
回忆舒婷　怀念院田　用柴火的光
用儒溪的亲切　点燃中国的朦胧诗
去怀念那座村落里的房东房西　炊烟如梦
怀念橡树　那些身边没有粮食只有诗的日子
牙一天比一天白
笑容张口就来
还有一群纯朴的乡亲　影响诗人一生的平衡　和一代人的爱

我在想　通往院田的道路是充满诗意的

这包括　那株梦中的橡树　坚贞的爱
走过来　苦难是值得珍藏的
儒溪上冲不垮的凹潭陂也是
那个写诗的人也是　院田　你总在我看不见的地方
等我　满足荒草的心愿
从不让一个人说出内心的感伤

到了秋天　往事越来越缓慢
诗意随着落叶飘来
我始终无法靠近　无法平静地走向你　交给茫荡洋　笔架山
交给老鸭山　福圆山
所有的可能　都是通往院田的方向
我抵达某个清晨或者黄昏
那株诗意的橡树必定种在
我必经的路上

在生活的低处燎原

在一卷秋风的阳光中　我写下
连城宣纸的真挚和红土朱砂的丹青

怀揣星星之火　在生活的低处燎原
随时保持自己的热情和清白

简单的爱　好好活着
学习流水的从容和落花的无畏

让这个我所经历的秋天
因为我写下的每一个字而战栗

汀江马蹄

我在黄昏挥鞭而来
在黎明绝尘而去
只想在汀江的夜声中停留

马蹄声已经远去
红土地上的人依旧相思无穷
闽粤山碧一江汀水南流去

战马已经远去
我的心留下
从此黄昏黎明都有马的影子
在汀江上摇动

禅意桐花

在一部经书中诵读桐花
在狭仄的语义中寻找宽广
阳光温暖　晨露薄凉
内心的宁静　浅藏于绿苔上

初夏还下雪吗　在一朵洁白中寻找
洁白的方向　薄薄的芬芳
孤悬于世　经书上的字句
不着尘埃

不愿交远方的人
迷路了　用体内的灯为自己指引
细小的花瓣绽开了
他就是自己的莲台

等你等得桃花开

聆听大地的腹语
遥想一个魏晋时代的存在
桃花开了　我闭上眼睛

酒香尚未飘逸
所有的醉意已经酣畅
云雾比梦善于编织
更适合侠客

上辈子的我或许喑哑沉静
在银白色月光里弥撒
成为时间的忧伤止痛者

等你的时候
我要学习欢喜和良善
学习美的粉及红的深邃

雨中春分

烟雨依旧蒙蒙　不会有人
冒雨去观赏油菜花
对面山坡梯次分布着淡淡的黄
也被细雨蒙上了薄纱

略高一些的桃树在身边
向它们炫耀新染的粉
没有人和闪光灯的时候
它们也可以挨得这么近

春分之后
油菜花就会慢慢谢了
我没有成群结队地去赏花
我就这样靠着山顶的岩石
远远地看着它们

我相信　这才是为我一个人
准备的美　它定会让你
在某个时刻看到　不会在意
投过去的目光有多么混浊

山花影动

一座土楼和另一座土楼在山脚闭合
一支队伍和另一支队伍在这里整编
一座山川和另一座山川在这里纵横

从你到我　是戏剧　是青春的莽撞成熟
你胸前的十万杜鹃　忍悲含露
那滔滔的闽江　汀江　九龙江
你笑容里的羞涩枝头　等待一场暴动
那红色汪洋的悲壮只差决堤

从我到你　是祭奠　是悼亡的初春遗迹
我腹部的中年秋野　已是星空静寂
那柔软的生生不息的红土之母
在我体内的溪水盈盈　不亏不溢
那覆盖的日月美如浮世
从你到我　从我到你
是不被驯服的灵魂　细节里拆卸的岁月
是锁骨穿过的隧道　一场生态的警报
那被落红的季节　比被围剿痛苦

多像是我劫后突围的长征
春旱　被骄阳灼伤的土地

干旱的春天　那一声鸟叫令我疼痛
提起你季节长途跋涉受伤的脚
却提不起我早已沉重的远山
挺过这一丝一丝的严寒

你说脚下有山水　我望见那山
是残缺的碑魂　崎岖的路
那水很浅　遍地浑浊　看不清倒影
露出你慵懒的足

一轮如盘的月亮　在远方软弱挣扎
拼命逃亡大地深处　逃离你
踩踏的柔软　远离一片
被骄阳灼伤曾经干枯的泥土

樱　路

一阕待填的词
一幅未完成的画
一座九曲十三弯迷宫
绿浪茶满坡

波心动
好在有你
有你手中一根红丝线
系我腰
从容认得来时茶山樱花路

唯有樱花那么轻

永福的樱花开一瓣是轻的
开一树　还是轻的
风吹樱树是轻的
一排樱树漫步在茶园中
也还是轻的
她若拥着茶山
她自己也晓得　她的衣袂是轻的
她的骨肉也是轻的
赏花人走过　或者徘徊
他的心上压着这轻
一样是风物　唯有樱花那么轻

雪夜沉缸酒

许久前的春节　汀江相逢
有觅食的河田鸡摇摆走过
一双深深浅浅的爪印
通向一个传世经年的瓦缸
沉缸米酒　从你红土的质地里酿出
热气腾腾　醉人
脱下红色的羽绒服
让三碗不过冈的暗语
雪花一样弥漫开来

渴望开怀畅饮　却又不胜酒力
只一碗
仿佛坠入百丈的深酒坑
一瞥间　烂醉如泥
时世无常　远走天涯　当年挖下地窖
用红土堆埋　再未说任何的词语
从此坐在命途的转角打禅

今宵酒醒　雪还未化

你找出铁锹　刨开盖雪的冻土
看一坛老酒的成色
对饮　醉客
一场铺天盖地的大雪
纷纷扬扬　肆无忌惮
你窖藏的老酒　起义
掀翻　全部的
三纲五常
三从四德

河田鸡的足迹消失在远去的雪地里
只剩下醉客　酣睡

客家流水席

回想旧时过年喝大酒
酒要老坛　碗用青花瓷
搛菜的筷子剖自新竹
火一烤　生微微的汗

至于菜则丰俭随意
槐猪肘壮胆　九门头壮阳
店家　来一大炒　多放香菇

众人用毛笔把自己写到竹筒上
轮流喝酒　竹筒每捻动一次
就有一个名字　兀兀地立了起来

仿佛是供桌上的牌位
与祭拜的先人告别
仿佛　你看见的那个人
还在别梦依稀咒逝川

宾客依然还在划拳猜酒
窗外　春色渐起　红灯高挂

前方　朗朗新乾坤　巍巍旧牌坊
客山的雨

小时候的雨　不同于现在的雨
现在　雨是隔窗观望的阴晴
小时　雨是流过心田的冷暖

下雨了　顽童急匆匆跑回家
坐在屋檐下看着天空
等着雨停后的彩虹

下在土楼天井的雨
淋湿了月季和万年青
让记忆一直保持鲜艳

好雨眷顾田间
几个穿着蓑衣的身影
穿行其间

雨中走过村前小路
乡土的分量　几十年来
还是泥泞的乡愁
前方　朗朗新乾坤　巍巍旧牌坊

岩城独角兽

凭风把酒的汀江　往事依旧悲催
又想到了你　我　他　当年岩城绝境铸剑
把无剑打成利刃这件事　还真有意思
类似春天的浮云　玄铁和花蜜

不必多说　这种好　这种意思
如何借着几十年的酒劲保存至今
我有我的办法种瓜得瓜　此刻顺藤一摸
全是你的　你的炉火纯青和桃花灼灼

于是我们放着烟火　喝着红军可乐
从不同角度　彻夜舞旗吹号放歌
红土地就这样演绎成了世间网红
出现了拔萃出类的“岩城四少”

不管他芸芸众生如何看待发光体
如果他们趴在天宫山上
看到的是天上的星星　法眼中
仿佛就是一轮明月在横行

而诗歌的顶点恰是我们沸腾的身心
忽略了自己的愚钝　浅薄和生硬
白马　已经变身为一只朝霞里的独角兽
而你们的灵魂　就像一面凌空跃过汀江的战旗
在波光映照的桃园上空为我飘红

敞怀的汀州

有一座城
需要穿过十扇厚厚的城门
才能叫出他的名字

然而在任何路口　你又都可以
认出她是敞怀的汀州

那是心灵的通行许可
汀江只是前胸　没有背后

旷野无边　才使山势无险
小山留出了太多的空旷

正如一个人的心胸宽广了
乾坤也会变小

梦迷龙津湖

久违了　又见平静熟悉的湖
只是环湖的建筑又多了些
像是围绕着一座庙堂
芦苇打坐　虔诚得像寺庙里的和尚
而路过的水　并不在意湖的深浅

这里离汀江和九龙江几乎同样远
不管做什么样的梦
都不会迷失方向
可以随便跑　使劲跳
只要不大声嚷嚷
黎明时　稀罕的小鸟
仍会睡在她的身旁

汀江晨早

很多时候　看一条江久了
你总会感觉误入森林深处
叫不出名字的鸟儿
弹着树林间的光弦边舞边唱
它们也贪恋这汀江
早晨的美好
湿漉漉的诗意在叶子上晶莹

我要为一只白鹭写一首诗
在晨曦里
她飞行在江水之上
就像爱
不经意间闪现
就像汀江
于鸟鸣中突然惊醒

汀江晨早
我爱上这群栖息的白鹭
每一声啼鸣
都唱开一朵杜鹃
血的花瓣被镀上
红土地的光芒

蝉破天机

毛竹将天空擎得又高又瘦
豸虫在凉荫处找回了睡眠
原野沉默如我　应答了
蝉儿用喉管锁定午后的时光
尖锐的鸣叫捅破了天机
热浪是太阳泼下的半瓢金水
慢慢淹过山村的胸口

我有太多疑问向竹林请教
水雾用障眼法蒙住心灵
我感觉到虚无中的注视与谨小慎微的接纳
而远方很远啊
阳光把陈年的事物晒了又晒

第七辑

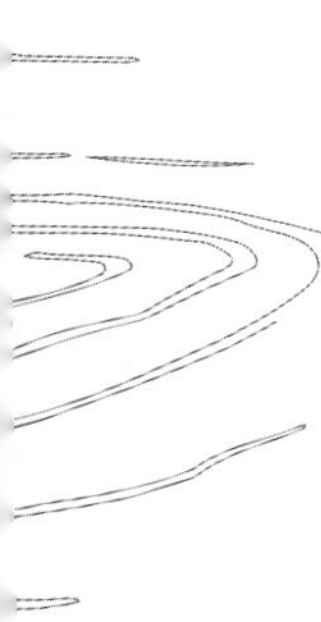

一个人　一截目光

我是一束被红土地折断的目光
总与翕动的风景
划分清晨与黄昏的太阳
一步　两步　三步
每一步前进
都是一次崭新的后退

面对躁动的乡镇　清新的原野
还有被汀江淹没的一笔笔忧伤
我会咬紧牙关
像荒芜中的秋风一样亲近他们

那些飘来飘去的云彩
还有纵横交错的路
给远方　产生了更有诗意的遐想
一个人　一截目光
每一次　每一天
不为别的　只为邂逅一场
别开生面的错过

秋色红土地

闭上眼睛　给秋色排上队　让它们
行走于我的诗行
当我把红土地的每个角落都温情地抚摸一遍后
触及的　不仅仅只是想象中的形状

那不是一个拼凑起来的风景
稻田　炊烟　黄菊花　红柿子以及长短不一的阳光
还有那片泛黄的银杏林　正逆着汀江
延伸向远方　走在一个慢慢消失的方向

无法拼凑的　是朦胧的桂花
这才仲秋　它们便弥漫于天地间了
何必多言呢　那是如我般的心境
被秋风举起　零星且芬芳
最终　被记忆所逼　我只能
把心里残留的一些想象当作秋的引导
并说　瞧
那一片丰收的红土地　我未曾遗忘

河田银杏

一阵风　过腻了空旷之地的生活
轻盈地转身
一头钻进河田的粗晶花岗岩低丘
抱住一株株银杏亲昵

和田的每一株银杏
都深藏着秋天
不为人知的野心
直到那阵风的到来
唤起了蛰伏已久的心绪

银杏叶黄了
一株株银杏被风
挑逗着
躁动起来就像待嫁的闺女
在秋天授予的金黄衣裳伪装下
靠在河田阿哥的怀里
开始肆无忌惮地落装

潜藏泥土下的根须
此时正侧耳细听
汀江在身旁澎湃

水色苍茫

我就是你
被草鞋踏过　战旗染过
被时光用旧了的你
红土的地盘　汀江的执照

被一片暮色锁在黑暗里
被你转身姿势
被蛰伏着巨大隐秘
被从来不会结束的诗行
被自开自落的花朵和夕阳
在日渐遥远的唯一的声音中
分娩成　汀水夕阳

我就是被时光遗弃在彼岸的你
用水滴和你相认的瞬间
低处的尘埃　转折成
水色苍茫

万峦吐霞

一只大雁
停在苍茫的时空枝头
因为成熟
树枝和山峦有了弧度

天地英雄
把自己的一枚红痣
托给冠豸山顶
以及空茫的山峦荒野

此刻沉落
不仅仅是一枚词语
浑圆　也不仅仅是抵达驿站的梦
红土疼痛　一地英雄血

孤烟又起　明月为盏
醉饮秋霜　万峦吐霞
征雁带着剽悍者的一声叹息
如果羽毛在音符中起舞
那秋风的号管　一定会吹出
猎猎的旗声　嗒嗒的马蹄

柿子就要红了

我要　寻访土楼旁一棵柿子树
寻找那枚长在树上青涩的情愫
如果一声鸣叫能够抖落
隐藏在季节帷幕的羽毛
那么　那枚曾经青涩的柿子
就会在秋天的焐烤下
渐渐红了起来

柿子就要红了
由青而红的柿子犹如一位客家女子
在秋天的枝头上　羞涩
歌唱　即将到来的喜悦
柿树叶　正在风中飘落
而思念的重逢就要来了
一片片叶笛　就要在秋风中吹响
而我　也会在秋风的歌声中陶醉

柿子就要红了
就如傍晚天边的那抹红　蓄养着

夕阳　飞鸟　云朵和梦
圆润如客家姑娘的脸蛋
炫耀着幻化出青春骄傲的红晕
我知道　满坡的柿子就要红了
一盏盏大红灯笼就要点亮了
这些即将远嫁的柿子
在枝头　兴奋地手舞足蹈
就盼着新郎如期归来

客家姑娘柔柔厮守葳蕤时光
秋风乍起　就要红透的柿子
只告别枝头　而不告别秋天
我就是那只远方飞来新客大雁
我要用心去啄破柿子的一抹红
我要把思乡的柿子带回家
柿子红的时候
我还会在山坡上等你

一爱就到底的人

在秋风中　缓缓打开轻盈的身体
一枚淡然的红叶　必然有着安静的心灵
斜着身子　以三十度的视角
就看清楚了　我九十度的孤独

我的孤独　不是从开始就有
也不是从青春期就有
她看着我　像汀江上游一滴清纯的原脉
欣然坠入南海的纠纷

相思　已经入骨　我慢慢接近红叶沧桑的身体
从她的脉络里缓缓放出　闪电　无声的雷
经久不熄的火　阳光　雨露
汀江　像一枚轻盈的羽毛
在红土地上慢慢飞翔

三五枚叶子　疏落　硬朗
与我的心思一样　涌动着
绿色的液汁与生机

叶脉与溪流　一种叫命运的东西
在季节里　随风飘送

像一直都在招展　又恍若一瞬间就要飘落
这种爱情　被我惊喜的目光探询
渐渐地　流露出担心　犹豫　恐惧　忧伤和怀疑

一枚红叶　从决不后悔的缤纷中
给出爱　然后　又以禅坐的姿势凋谢
比一场梦还短　又比一辈子久远
我决定　从此做一个一爱就到底的人

在秋风中着色

一树岁月　我只截取浅黄一节
万片倩影
最洁净的那一叶归我
对于美　我曾是个有想法的人

众人都可以缄默　我不能
当你汁液渐次丰厚　我迫不及待
释放出红土天空里的一腔湛蓝
我昔日的伤口是青涩的
疼痛省略　年轮省略
云带走了雨　留下闪电
闪电　你的归期遥遥

当我们的词汇再次在岁月大海里淘沙
玉磊浮云　来自头顶的灌溉
洒下理想　幸运之神遗落的一滴秋光
以及一江汀水和满枝笑靥
笑忘在汀江的流水曲觞

镜中花　水中叶　幻中手
捧住一杯往昔　在秋风中着色

汀江母亲

今夜　我的目光放在汀江
看这些年来我走过层林尽染的路
阡阡陌陌　寻找忽略的风景
像汀江母亲的叮嘱
迟疑和坚决　长成的道岸
岸边只给我一刻的时光
与你　与他　与一片落叶　对视
或者倾听　一只鹅的曲颈天歌

汀江　你的指尖有余香
你唇边是一汪清澈的水
长天输给了秋水　我把自己完整
地交给您
就这么飘走了
来不及看一眼自己的影子
上岸　我的双脚粘满红泥
我的双手　有洗不净的征尘和捂
不暖的痛
这些远远不够　不够你多少次倚

门喊叫的
一声乳名

汀江母亲　今夜
请您站在土楼旁　低低地唤一声
客家游子的乳名
千山万水　万水千山　所有高飞的雁
所有飘落的叶　都会循着你的目光
与我对视　看今朝落叶归根
听来年鸟语花香

柿如灯笼

如此熟悉　你有客家山村的面容和气息
仿佛刚刚从土楼里走来
仿佛灯笼还在村里
挂满歌谣的山那头

柿子缓缓打着盏盏红灯笼
让今夜的睡眠　铺一层浅浅的光芒
枝头上盛放的宁静
让内心挤满明亮的疼痛
树木纷纷落叶　飞鸟一一远离
唯有浓郁的果香　被秋风吹送

在客家土楼　与一坡红柿子对视
温暖的灯笼　挂满思念的小径
秋天里风餐露宿的男人
漫步走过低矮的山冈
如同我总会从长梦中醒来
了无遗痕

新鲜霜露

又到霜降
季节更换的日子
一点不便宜的桂花适才离去
十里笑靥三醉之后
比阳光还要灿烂　一枝绯红
一树飞黄　婉转霞蔚间
倒立的倩影　让那只小鸟
悲戚地叫了一夜
捋直落叶　却理不清曲折人生
万物如谜　与红相遇
它们从不躲闪我
新鲜霜露　不向谁借　也不用谁来租
平野低谷的生活
破译它与它们的灵气与陡峭
却不能诠释爱的轨迹

客·家

客　家

客　步履匆匆

家　深情款款

从一盏火苗一炷香

一朵云上回来

客家山村的味道

柿子红了

初心　依旧青涩

客　终要挥手远行

家　带不去的行囊

我也被秋风撕扯

等着那束秋波燃烧之后
我通体鲜红如灿烂的战旗
那么飘扬的旗帜
在汀江旁的小径上
唤醒了独行者的沉默
我也被秋风撕扯
才有一腔刻骨铭心的别离
凝聚如火

在你跃过汀江的梦里
有没有一种心境
与你同样鲜红
有没有一声问候
使你潸然落泪
有没有一只素洁玉手
抚平心灵的波涛
你总是燃烧而舞
从你铁花似的火焰中
有没有飘出一面
直下龙岩上杭的豪迈

秋风红叶

阳光始终没有照进来
我内心的隐秘在天幕上呵气成霜
比一条长征的路还要漫长

挂钟的滴答声　是我的心跳
与窗外工地的打桩声在同一频率
与门前一条小溪的流淌异曲同工

谁的双手　捧起一溪流淌的星光
就想拢住一粒粒怦然心动的火种
让纷纷透红的落叶
透露了日月季节更迭的秘密

在夕阳下看　在眉头想　在动车上
我用每小时二百五十公里的速度　奔跑着想
用天空　大地和不断后退的树木想

我把火红的情思铺在手心
放下所有风的不羁和云的矜持

接受红土地的紧紧拥抱

手握微凉　秋风红叶
你是一服良药　熨帖而微苦
医好了整个思乡的疼痛

眼前你沉醉的江

并非只为这一枚红叶
苦苦等待　直到黄昏
双眸饥渴成干枯的井
岁月吹打汀江那支苍老的船橹
无力越过那片红色的土地
雁鸣像是一阵阵低沉的风吹过深秋

岁月　悄然残忍地从生命中划过
记忆逝去的枫林
一枚枚无声的红叶飘零
在风中摇响串串动人的风铃
我不是一只大雁　南来北去
早已习惯
在夕阳下舒展光亮的羽毛
霞光辉映的每个日子
都是新的　不知不觉
黄昏是我额上
那慢慢生长的爬藤

命中注定
我的叶掌
要开红色的花　结橙色的果
在这个热闹的枫林
独饮一碗谢公楼的醇酒
不合时宜地唱起
张九龄的那首悠扬的酒歌

蓝色的星空下　总有你
用一种光　写另一种光
落红月影　试图用另一种方式
在我的梦境中　走来走去
你沉醉的红　在眼前
不断晃动

客家米酒

密集的意象在空阔里呈现
邂逅到诗歌的元素　在持续发酵
压低的目光朝外扩散　紧接着
白鹭把汀江的休止符刻进了忧伤

糯米酒的意义在于
稻谷熟了　而梦还没苏醒
醇香连接的记忆就像
一个客家人最初的啼哭

我开始接近真实　接近一些
刚刚盛开的思绪和心情
等待有一天　稻谷和喜悦的天性
酿成醉人的客家米酒

那时　我愿意醒来　并且追随
红土地的情怀走向醇厚

汀江的沉鱼落雁

前世今生的沉鱼落雁
是一只雁在窥视着鱼
还是一条鱼
识破了雁的内心
或是　雁和鱼都感到累了
需要一条清澈的江
还是江边的一位蓑笠翁
孤舟　观雁鱼的互换角色
看一种交汇　或纷争

雁　是汀江芦草边的雁
归来　寻觅去年南归时
遗落的鸣声
寻找不系舟在无人处
风吹　如云

鱼　是汀江流水中的鱼
溯流　轻烟扬处
弄响一串收网的声音

秋闲的垂丝已不在
钓丝　已成古柳
婀娜随风

而江呢　汀江
是诵读不倦的经书
来打坐　静心
启悟久已丢失的本心
江边老僧已去　成旧塔
塔顶的夕阳　喃喃地
诵一卷空性与慈悲的金刚经

前世今生的沉鱼落雁
形象是布衣桑麻　青灯诗卷
一片慈悲的目光
是月光的散碎银两

院田足音

风来自山谷深处　我迎风走向客家山村
仿佛是梦中的一次相逢
白墙青瓦
慢慢释放乡愁

雨落前的黄昏
山坡上的野菊花开始素雅　闲散　静美
她的思念总是沉默
只需你用一个眼神的柔软来收割

院田一个放养朦胧的山村
半个月亮睡在山那边
睡在村外的儒溪里
山村均匀的呼吸在一方静谧的温柔里起伏
那另一半月亮被谁偷走

我只是位过客　不想和檐雨一起砸疼虫鸣
一条溪的温润　一座桥上的诗意
两棵树和一位叫舒婷的诗人　是我住下来的理由

从此　我放下孤独
在一片柔情和诗意中
有人回忆说我曾来过山村
会过房东与房西们
那扇窗口只为那棵橡树而开
有人在远方注视一株红棉
聆听凌霄花述说着蜗牛的足音

白玉枫红

用火　把西天燃成一面红旗
我们各自举起
就会在上杭白玉村相遇

在这个地方
大雁南飞
风从高空重重跌下
秋草幸福地睡在白霜的怀抱里
在这个地方
成群的男女爬上山冈
不听季节劝说的蝴蝶和蜜蜂
还在红色的大幕下厮打

在这个地方
我们顺应天意　各自念着枫和叶的名字
爬上高坡　看落红纷纷
夕阳　缓缓落进山坳

在如水的秋风里

我该怎样举起目光
才能在这淡得透明的清辉里酣醉
一弯苍美的明月　在风的身影里踟蹰
心事绰约
夜色在这几句凄美的词语里卡住

晚风吹皱这满地绚烂
寒露凝重浸湿了花的霓裳
俯拾一枚潮润的菊黄
前日风光　昨夜寒凉　今宵惆怅

我期望
我就是那只轻盈的蝶儿
在如水的秋风里
独领一代风骚
追花　弄影
依月枕菊而眠
翩跹于姹紫嫣红之中
陪伴你芬芳清丽的香魂

我希望
我如是晚唐玉山樵人韩偓
枳篱茅屋共桑麻
我将掬一捧茱萸　登高而呼
邀宾朋　举金樽
望月对菊一醉
酩酊于黄花厚土汀州路
做一回怜香惜玉的守护

我却欲醉不能
就将芳醇的花蕊和着红豆杉的醇味
借从容的秋云　澄澈的秋雨
落晖里幽鸣的鹧鸪
山谷旁翘首的柳杉
旷野里映山红的梦寐……
一并酿进
酿就这瓮清香醇厚的酒水
且歌且舞　不醉不归

夜色中一只白鹭在飞

确定石门湖有几枚在游的星
天空闪烁一串糖葫芦　光的折线
垂钓千古旷奇的冠豸秋风
确定这是游弋的心境
夜色在眼睛里　置身何方都是一团火光
能让夜色染黑的人
在转身于回眸的刹那
所有分辨的眼神都灌注了张力
看一只白鹭在飞
一只鹭以云水禅心镌刻了鸣的挥洒
有多少澄澈可以从源头的跌宕再来

春风比秋风浩荡

天空偶尔落黄　你不需要在落日下
苏醒自己　像东去流水　像落雁沉鱼
叶飘飘的慌乱　许多人在这里丢失了小镇
像懒洋洋的阳光　像草木刚刚获得照耀
无须在虚伪的木槿花上镶嵌翅膀

记忆中的深山小镇
我攥着半个多世纪的旅程票根找你
那一年　春风吹得比秋风浩荡
你风展红旗去了远方
我只想知道　他日相逢
你会不会取出一支
斑驳的古田军号
对着我　一遍遍擦拭

把土楼的梦拽向天空

是那么遥远
仿佛藏在我的心灵深处
又是那么幽深
仿佛早已潜入我的梦中

风蚀的土墙
斑驳着数百年岁月的影子
沉重的石臼
杵碎了那轮混沌之月

山路匍匐远去
寻觅着祖先的足迹
炊烟伸长脖子
眺望山外的风景

连秋风也是这么好客
逢人便说丹桂飘香
客家悠扬的山歌
把土楼的梦拽向天空

土　楼　沟

汀江的船　驶过南天的海
心有齿轮和转轴
又回到那一片乡愁红土地
那是一条布满客家土楼的沟

那条林荫遮蔽着小溪
可以从缺走向圆
随手擦去多余的毛边
用它的乡音去注册

那小溪两旁栽满了阳光木槿花
明亮而芳香的小径
沐着它遗落的光和音
走　我好想做一个简单的人

在神秘的土楼沟中
你可以拥抱仰望那一棵吴刚月桂
呼吸满树星星溢出的敞亮

当你回首的时候
就会看见那出墙的桂枝
以谦卑的姿态俯身面向大地

最后　你会发现月中的桂树
最初的根
深深扎在沟中红土的深处
天上的圆
牢牢映在土楼的灵魂之上

浅黄透红的芬芳

秋眠之夜　夜长　梦更长
红土篱下　不关风雅和新愁
与银杏一世相许
爱到深秋　心仪十里绵绵相送
惧怕纷纷落叶长亭外的别离

把酒时分　飞叶生情
醒着　便是罪过
偶走一次神　都会缤纷叶落
每接近一寸　不及粹花染裳
让红土换装

一树丹桂　以八百花香与热血
穿过我眼眸里的弱水三千
远山芳草　落花流水　正是汀江好时光
荡漾着倾心与专注
在浅黄透红里埋首往事　吐露芬芳

无锁的门

一座城门似乎与门本身无关
它推动船舶　流沙和岸边不肯善罢甘休的落絮
这些纷繁的过客　使江流颠簸
撑起一枝篙　让飞鸟忧郁　疑惑
有穿行的翅膀扑棱低鸣了几下
复归于沉寂

此时我要提到十座城门中无锁的那座
它的破败适宜于洪水滔天的夜晚
适宜于某个古老侠义的情节
秋风萧瑟的汀江　夜风吹疼了那座走水的门
它的洞开或涨满　已超乎寻常爱恨
它解开了雏鸟的翅膀　江鱼的积郁
晚风逼走斜阳和美色
一滴晨露　打开无锁起船之门

月光下的遗忘

在满坡丹桂飘落的时候
我看到所有欲望
都昙花一现
迅速枯萎
漆黑的夜晚
不知道有怎样一双枯寂的手
正一寸一寸梳理半个世纪以来的记忆
时光就在我的凝神中发酵
然后呼啸着穿过
红土地　进入一个人内心

我只能向梦境借来一双翅膀
在虚幻世界中飞翔
不用多说什么
我懂得一颗灵魂的高度和重量
我的生活中风声太小雨水不大
我已习惯于在这小镇的深秋
倾听古厝花朵夜晚的宁静
头枕月光
把爱遗忘

坚守枝头

昨夜一场寒雨
蝉音受凉　嘶哑无力
花红柳绿还在梦游的亢奋里
清晨滋生一溪寒烟
茅草鼓着稀疏的掌声
渐渐把岁月催老
土楼旁立秋爬上枝头的那枚柿子
被斑鸠逃离村庄时的爪子抓破
时光已是深秋
坚守或存在　不是件简单的事情

在秋水之上等你

月光仿若盈盈的流水
泻在池塘绿绿的莲
在亭亭斑驳的倩影里
是谁一身素白　凝碧着羞涩的风雅
披着淡淡的青雾罗纱
随客家土楼上的叶笛飘来

在汀江古朴的酒肆茶楼
品一杯漳平水仙的清香
或斟一盅沉缸酒的醇厚
该是你忘了采莲是中秋过后的时节
似水流年里剪破了画面
留下莲子清如水
弹一曲荷塘月色暗自忧伤

在秋水之上等你
用被云朵擦得最美好的样子

你若不来　不肯老去

兀自望月

亭台落满了叶
花儿将寒霜放艳后凋零
只剩下那中秋后十六的月
高悬在黑夜的画布
谁将饮下浊酒的疼
藏在汀州的古城楼
店仔街石板上的脚印
踩了又踩　浅了又青

天空原来那么小
丹桂兀自洒落下来
依稀还飘着
几缕昨日汀州女子的客家俚语
该是我单薄的身体无法自持
才丢失了那豪情里的温度
你来去自由　笑容已贫瘠
我退回城楼　兀自望月

放歌赖源

我知道　秋天在你的左手
你的右手握着正在黯然的暮色
如果我不迷恋　便不会守护赖源黄昏
对这里的寂静　幽秘　宜人　流连忘返

看不见光阴的转角　遇见了你的花筒
白云　蓝天　碧水　稻草人
秋天里尝遍了阳光　谁的眼睛深邃
炮制我的健康肤色　却为欢情酿造半枕青春

跋涉飘荡　在三江之源
银杏落叶纷纷　映不住我的前额
风声远了　蒹葭远了　江水随你远了
轻盈中托着神话传说的回声　远了
你的光华　将堵塞通往雨水的路

相信汀水

在空山新雨后几度怅望
在汀江秋瑟中几分相送
隔着多少春秋　千百度　遥望
枯禅苦等中
洒落了多少唐风宋雨

佛说缘定前生　几多前尘往事
几回人闲桂花落
千百次凝眸换来今生的擦肩
浮生多变
别问　别再问
今生相遇是缘还是劫

你呼出的氤氲
从南山岩崖里走来
我停留在江岸的木那石前
我木讷的内心容不下一丝灰尘
盼只盼　能与你途中相遇
相信汀水　相信未来
相信与你途中的约定
总能与我的肉身合二为一

片片的思念

一山的银杏
金秋时节落叶纷纷
山峦移动
我的视线无法直达
像你和我
金秋一别
相逢不知何年

山上依依不舍的我
空中飘忽不定的你
许多愿望植心
如针如刺
伤痛着明日的回忆

绕树千匝
相送十里
每一次回眸
都不是
最初的感觉

身后夕照的长亭
失去了原有的风景

已经成熟的叶
走上回家的路
刮起你的秋风
飘落你的金黄
让我仰迎——承取
不为迷恋山色
只望你
片片都含归根的思念

大地剪影

这个夜晚
古老的汀江如此静谧
粼粼白光
仿佛内心的疲惫
在某一个瞬间訇然跌落

这是古老的汀江
用朴素的语言
装点内心的迷茫和空旷
以及那些不知深浅的白鹭
风一般窃窃私语
我知道
汀江正以自己的方式迎接我们
迎接一个又一个血色黎明

岸草已经泛黄
一叶小舟从对岸轻轻飘来
仿佛大地的剪影
水波之外尽是远古的落英
而不远处的一株唐代古柏

默不作声
这迟暮的老者
总是在心中守望
大地的梦想不再散落
孤独中根植的苍凉
就这么一天天衰老

还有一些树　在汀江两岸
含英咀华　尽显芳菲

梅花山下的游子

像陨落在红土地上的
一粒草籽
这些卑微的生命
伴随汀江上过往的云烟
追溯生生不息的沉默和叹息

如今我在梅花山下　读书
写诗
或者走在虎园里
向幸存的华南虎致敬
抑或在太阳下
看着鹰隼体验主宰者的命运

所有这些
都无关命运
那些悲悯的情绪
将在一场风雨过后
迎风摇摆出爱和湿漉漉的恩惠

江湖其远其大
让我把握不住要领
就像山崖上越来越近的月光
直逼流浪游子醉了的空杯
也多么像在月光洒满的夜晚
一束野菊花独自寂寞地摇曳

这个叫五龙的湖

多么美好的呼唤
穿越繁华都市的围追堵截
经历战争烽火的红色洗礼
来看一湖平静的水
淳深
浅清

鱼儿无拘无束畅游
遵循弱肉强食的规则
时光的波澜
不惊
命运在低处潜伏

自然库存着饱满的希望
滋养了古田小镇的民风
湖边枝干苍劲的老柿树
秋光把果实煨红煨熟
情牵梦绕的礁石边
留下无数水花一样奔放的传说

这个叫五龙的湖深情款款
用一首诗解读这个命题
我力不从心
但品味它
一生都不怕风生水起

闭关开悟

遍地都是带彩的迷蒙
就连那颗塔顶的星
也心境一如
依旧高悬

依旧致幻
在天宫山上
我在法眼宗庭前静走
仿佛已到了那夜的时候
木屋
木窗
木鱼声
繁星满天
走在山巅
到处是细密的感悟
此刻
夜凉似水
山峰上
星空下

法眼中
我还不曾百般思虑
千方妄想
我只是凝视层山绿浪
我承认还没有开悟——
你关闭你的法眼
谁关闭那束星光和我心里的微澜

四野那么静
我坐在寺前石头上
风把层林绿浪吹乱
吹远
留下我
闭关开悟
与谁都不相关

松毛岭的野菊花

让我
把这烽火熏陶的松毛岭
再次举过头顶
为这朵战地黄花的绽放
再次挽留住所有微小的疼痛和光阴
岭上只剩下陌路和堑壕
我看到寒星点亮头上一轮孤月

松毛岭的野菊
是一朵朵穿过硝烟战火的花
还是一盏盏金色
明亮的灯盏
是以额触地敲击出的灵魂鼓点
还是满山坡飘扬的猎猎战旗
在一朵朵菊花的内心打坐
我似乎就一下子
从秋天回到了从前
新泉
才溪

古田
中央红军
删繁就简地和我厮守相伴

要清空多少内心
才能装下一朵野菊的微笑和呢喃
要走进多远的秋天
才能为一朵战地黄花的细碎
心疼不已
在这个十月
又见你
一朵朵野菊
一朵朵多么细小的卑微
幸福呵
救赎着
我小于一
大于一切的灵魂和江山

第八辑

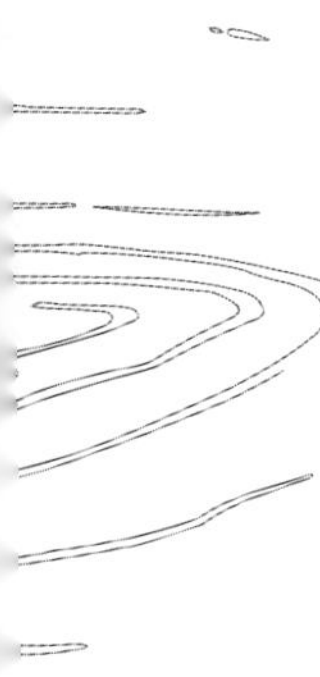

雨夜歌谣

今夜雨中的汀江
像一曲慢板的歌谣
鸟儿　忘记归巢
一串鸟鸣散落在疾飞的路途
雨　细细的　小小地飘洒
像一个不速之客飘到汀江上
岸边满树的花　迎着风霜
或浸淫　或像鹰隼　啄食着
早来的凋谢
让皱纹泄露了一切
一枝蜡梅仍然以不紧不慢的口吻问我
能否揣度正觉地站在江旁
守望那一扇窗棂后的笑容

长满樱花的茶园叫永福

满天夕阳含情吻别回暖的九龙江
与云水挥手
最深的依恋留给这块土地
濡湿隆冬深情的云端
怅书依依两地情

谁说　一阵迟来的阳光是为融雪开道
燃烧的永福樱花
把永续幸福的渴望
写进禅意最浓的眼眸
缤纷的声音　渗入石隙　听草根呢喃

愿与不愿都要去赶新一趟动车
此时才真正懂得
长满樱花的茶园是永福
亲人越来越少的地方原来是故乡
别离烟火在岭上铺开　在茶园开花
千朵　万朵　交响最清澈的天空

在汀州做自己的圣贤

更多的落叶也无法遮挡
我一眼就能认出那个站在城楼
用风霜写下孤独的人
拔地而起的月光　正照着他的善良
正直和饱读诗书
他的马停在汀江边　胸膛火热
蹄声蓄满秋日的桂香
在梦里　我从一九三五回到明代
从明代回到唐宋
又独看见他
用虚拟的镰刀　割下心尖的三钱孤独
在汀州城　寻了一座叫谢公的酒楼
独自酙酒　让自己做了自己的圣贤

身体的土楼

来此　不必独享夕阳之美
满目青山　遍地红土　可以随意支配
夜越深　身体的土楼越空
土楼里永远隐着炊烟
有些欢喜明月已收割
有些又在风中遗落
一棵树除了行走就是行走

如果你寂寞　我便是一条有激情的汀江
如果你需要　我便蒙上你的眼
如果你想听歌
我的歌声丢在了风里　一半歌词
在我涉水的时候
留在了前世
如果　草木已隆冬
芦花在远方白了头
那么　不知不觉　我们就
挥霍了千年的时光

红尖山的晚霞暖暖的

已经是隆冬了
我坐在晚霞中编织
此时　满山的野杨梅正开得欢畅
星星点火的花让我一次次想起红尖山的燎原
起风了　还是带着一阵阵的悲壮
弥漫在空气中
如那些心底的忧伤总是丝丝缕缕地溢出
这一生　庆幸有太多的时光可以与自己对坐
读书　观景　写诗　让自己漂流
可以如现在这样
坐在世人不太知道的红尖山上
编织晚霞　放牧炊烟
可以在梦中一遍遍与溪流相遇
为所爱的人幸福或者忧虑
红尖山的晚霞暖暖的
让我感觉到吞咽明暗交替的光线
红土地上一切的一切
都这样在暮色中落下升起

心　　香

只有虔诚地焚烧
才能发出香味
今夜小天使布下了清风明月
我落草而生并拉开夜幕肆意驰骋

在大庭广众之间
车水马龙里疲于奔命
夜深人静　听一听自己的心跳
在时光的呼啸中闭紧了双眼
还是会有尘沙让你流出眼泪

遇到的都是前世注定的
转身也是
用不着去打听什么
时光的豁口上
挂着 2015 红土的撞痕
厚茧和薄痂　都是生命的补丁

撇去浮沫

沉淀下来的就是心香
不增不减　不生不灭
足够焚烧一辈子

梁野山跟我回家吧

我一直在想　这块岩石
是从哪里来的　要到哪里去
它就这么孤零零地站着
站在溪流弯曲的山里

只有几声鸟鸣　是它没有丢失的语言
还有什么
它丢了丛林　丢了藤蔓
丢了鲜花　丢了绿草
丢得只剩下光秃秃的自己

甚至连上山的小径也丢了的
我的脚印陷入了草丛
浅一脚淡薄的人情
深一脚世俗的幽暗
梁野山啊　我已伸出我的手
跟我回家吧

梅花山的暖意

北风翻山越岭来到梅花山
误把山坡的桉树林当作青纱帐
一阵又一阵闯入桉林芦草深处
被奔跑的华南虎踏得支离破碎
鹧鸪一声高一声低向刚刚抵达的候鸟
传授在亚热带过冬的规则
旧树叶能用就用　不像北方的树木
一年浪费一次　新树叶也不必等待春天
什么时候想长就长
山上的百年红豆杉群
寒风给它落下一个疤痕
阳光又为它长出新枝
也有少数苦命树木　如苦楝
没有一片叶子肯留下来陪它过冬
它无奈地揭露了枝头的鸟巢
在梅花山　除了这些
冬天没有更实质的内容
更多的时候　冬日的梅花山只是一个概念
提醒出门远行的人　过年了　该回家了

月光汀水

带着汀州古城和汀水的恩赐
对岸的夜色先有欢喜　然后一派宁静
宽阔的江水保持不动　它的下面
埋着一颗深爱的心

现在　他把那道生命的岸线
交给辽阔的土地　那个岁月中古老的城墙
它们的历史　分割为点点的村落
被人们渐渐忘记

白昼毕竟是明月的屏障
熟悉的声音从汀江上游缓慢传来
黑夜让月光尽染风霜
银色的棉花滩成为你最后的肚腩

背靠落日　回溯是编织一种幸福
汀江静静的倒影被客家土楼
轻轻包围　你看
他枕着一柄银质镰刀
正在归来的月光上酣睡

云　　湖

快递我的多余给你　阳光富裕的午后
凉风透过叶子　吹起衣角
所有湖边的事物摆动起来
它们的样子
像幸福的摇篮
没有人再抬眼看高处的云天
山路的呼吸贴紧我们的背部
起伏之间
仿佛一张盘子　端大千世界于胸前
突然间　一片云骑着自行车追赶
我猜想的白　那是燃烧的时间之湖
原来谁都不必要
清醒地遇见低矮的自己
及孤独的安徒生和那条美人鱼
云湖在左　童话在右
我们都是上升的大孩子
起转于尘土　为他拉风　与鱼共舞

让心空着

天宫山　安静　悠缓
石子做着城墙的梦
云儿在绿叶上打坐　一条瀑布
留下一口不再睡眠的深井
我无所顾忌地畅饮春天的绿意
有人让心空着　不爱不恨
写下法眼的偈语　那里的
尘埃　明亮　纯粹　在每一个禅意的角落
遁入虚无　后来
只有风　一遍又一遍漫过我的额头和岁月

客家山歌

客家山歌　总是在夜半时分叩我的窗
有些记忆　注定无处躲藏
索性　我就把它植在当年红军入闽的山路上

多久了　我看不清当初你的履履脚印
就像　想象不出我曾经年轻的模样
思念是再自然不过的事情
却被一截老旧的时光占据

我是恋着你的　并把我的年华
一寸一寸植在你的山脊上
然后　开出花来　一朵　两朵
每朵都有一个红土的故事
你有雪泥　我有鸿爪

可是　月色光临了太多扇窗子
一支曲子再好听　也有了风尘的味道
清洗伤口　煮茗噙香
唱一阙别样的绿瘦红肥

我能够收拢的　不过是自己的心情而已

实在无法舍弃一些童话里的细节
银杏飘在风中的疼和桐花吹落满地的伤
这些注定了此生心上的顽疾
且无药可医

汀江在千里之外　鸿雁飞得再高　再远
也无法借我一双翅膀
而你　还有未来　无须多说什么
一半在屏上　一半在心上

此生如月

褪下斑斓的皮袍　山巅的豹子
引颈长啸　幻象中的云朵　没有掉下来
溪边的几只白鹭　翩跹相伴　追波引澜
大树下一队黑蚂蚁　瞳仁晶亮
威武着向高处集结

冬日的土楼旁依然草木葳蕤
月下的三角梅依旧活色生香
命运　安好于各自的炒勺里
搅动着细微的差异
淋漓的冬雨落下　令人不得不仰视云的艺术
守着在场的半个月亮
仿佛让一个人的天空叠加成两人的世界

寓于自然　提及生命与死亡　爱与憎恶
而云上的日子　依然有奔跑的羊群　有纯洁的棉朵
有冷凝冻冰与热火熔炉的纠结
恰如一个人此生如月的感叹
其中的一半恣肆成流浪的天狗
另一半　却忤逆为砍树的吴刚

你能懂得陶醉的模样

流水　小桥　土楼
都有一个
满坡橙橘一样的黄昏
悄然打开一场纯粹的美
我的脸上陶醉的模样
你懂得

我知道　你是个
为了诗和远方金身化蝶的人
这一刻　我听见你说
我的目光里没有毒
但是你又说
我的诗行纯净得勾魂

骄傲的模样

岩石　灌木　杜鹃花
还能拥有
云海氤氲登高的视角
缓缓领悟一种追逐着雁鸣的奔跑
我懂得
你的脸上骄傲的模样

我知道　你是个
希望分享爱和慷慨的人
这一刻　我听见你说
你的诗行里没有黯然

但是　不用说
纯净最让人销魂

看一路尘烟能走多远

这么远了　还和谁道别
谁能像你将祷告紧紧攥在心头
看一路尘烟能走多远
用平生所学的语汇　所存的祝福
把他们点燃在融化了的夜晚
用烈火　把他们烧进了我的胸膛

喔　那是光源于红土　分化万物
那是上天眷顾的六月雪
离隆冬还差半年呢
寒露之后　或者只剩片刻
一滴露水坠落万丈红尘
不曾听谁诉说人间的愁苦
最纯真的时间　是最纯粹的自由
你携带着你命定的爱和终极任务
与你远离后　落日挂起灯笼渗进村庄
一阵风吹过　停泊在最思念的门窗

今夜的月光轻如霜

冬日来临　又能与谁相逢
谁会像你将火红紧紧攥在枝头
平生所见过的景　所遇见的情
把它们钉在了恰当的时空上
用激情　把它们融入了血肉中
哦　那是根系红土枝展如旗
那是霜叶红于二月花的时刻
今夜的月光　还是明日的轻霜
或许还差隆冬片刻　一脉铁青色陷入梁野山脉
你也不会向谁追究忘却的责任
最寂寞的瞬间　是最亲切的山水
你覆盖着你保存的爱和终极孤独
与你分手后都将变成一个空荡荡的人
悬崖一角　是谁透出一缕光
照亮了你最完美的山坡

我是一只蓝胸佛法僧

天宫山下寒冷的一缕光
我要在心里　储藏
更多更多的你

十二月的圆通寺　空山寂寂
霜月封存了那些与禅无关的红尘
我是一只不期而至的蓝胸佛法僧　展翅同翔蓝天一色
让脚下的三江凡水波涛汹涌
而你　是茫茫荒野唯一的篝火
月亮之下　法眼之旁　熊熊燃烧

如果　如果你能细细聆听
禅在风中的倾诉　那是我
未曾悟出的爱和忧伤

梅落丹霞

梅落冠豸山　白压丹霞岩
热腾的红　把梅的白甩给眼前这片红土　那条汀江
但谁会甩掉红呢
人不会甩掉自己的赤诚
太阳不会甩掉光芒　蜡梅不会甩掉花蕾
斜阳晒红丹霞冠豸

皓月已当空
一面旗帜插在山顶　火焰就这样
静静地燃烧起来
远处有更高的松毛岭　长征的雪山草地依旧还在
始终带不走寒冷和孤寂
在红色的战旗和白色的梅林之间
我们对旅途　飞鸟和季节的选择
能说些什么

像燃烧一样奔跑　这就是红
给一面战旗带来永远奔跑的风姿
以及跃过汀江的使命和荣耀
战旗仍然红着　越来越红
战旗仍然舞着　越舞越欢

在大雪中等候

在大雪中等候大雪　黄昏
更像迟来的暮鼓
陪伴着沉寂的倒影
消逝在落叶中　悠闲地踱步
你飘落成一片金黄
让我望而却步
一部分光阴走过后被悄悄搁置
我会等你一起洞悉爱的往事
倾诉与祷告深陷其中
与远空构成默契
又被寒意　簇拥成肖像
苍翠在苍翠的尽头流放
红土在红土的内心燃烧
汀江之水却流向另一片海洋
我追赶着你
你却一直在捕捉　苍茫中
那段幽幽的鸣叫

冷战时的会心一笑

大雪　银杏捎来了深冬的消息
村落里有了火炉　棉袄　客家米酒
给渐渐变冷的时间一些温暖
土楼孤零零地站在远处　沉思　眺望
像我无法说出的爱和别离
头戴野菊花的客家妹子
溪边浣纱把山歌
遗落在诗经
我看见一个推着石磨的背影走过
我不敢去叫它　我怕它的转身
陌生感　会让我们之间产生距离
我更叫不上满山树林　菌菇的名字
一阵风吹来　它们齐刷刷地倒向一个方向
好像这些生命　只有风雨
才能让它们更接近美　在山村
这些枯黄的叶片
这些悬空的红柿子
突然占据了我的心　颤栗时的会心一笑
指给我看冬天与春天的尺度

雪夜梅花山

大雪之夜
我想成为梅花山顶的一朵雪花
迎着萧萧北风的琴音
落脚天涯　你梦乡的原野

月亮来与不来　我都能寻到你
融在你的枝头　疏狂醉意
或者挂在你的眉梢　一起峰顶望梅

请不要捧我在掌心里
在意也好　不舍也罢
梦想也好　虚幻也好　足以相守一生

大雪之夜　我想成为今冬的第一朵雪花
读书煮酒　在苍茫的红土之巅
谁也不许提及离别

重返院田

别离时刻
浪漫离我的世界很远
我不求时光给得太多
只要一小块碧蓝
让诗和梦的芳草地
留在我宁静的镜头

把所有对权力与名望的
野心都交给别人蹁跹
我只想　重返院田
和我的房东房西我的诗歌
在一起

我要将孤寂留给那枚树叶
任院田旷野的风
自由自在
只要窗前橡树上的星星不老
村头翠竹旁的儒溪
清澈见底

紫金山回望

这个冬天　有太多的不确定
站在望江楼上望汀江　你不知道
逆流而上的是哪一次轮回的雨滴
就像紫金山顶峰　你不知道
每次眺望沟壑刻骨铭心的疼痛
但我感觉到了　仿佛在两根肋骨之间
被自然无形的皮鞭轻轻抽打的恐慌
再也不需要记住过去了　生活在夕阳影子之中
暗处的危机　貌似坚硬的阳光
仿佛有一阵温暖对每一根神经的抚摸
那些　貌似坚硬的矿渣坝
正在悄悄地
把暗下去的夕阳　打捞上来

说到骨头

说到骨头　我会想到我的头颅
说到骨头　我会想到我的肋骨
说到骨头　我会想到暮色中的一头雄狮
他们是一方土地上的神话
滋养着这片红色的村落
比如红四军　古田会议
比如才溪苏维埃　分田分地真忙
还有新泉整训
松毛岭　红旗跃过汀江
这根根长长的时间之矛
直抵心脏　时光破例把身影拉长
大浪淘沙　多少英雄豪杰
战死沙场　说到骨头
我就会说到英雄
我会想到开满山坡的战地黄花
以及芦草遍地的荒野上奔跑的华南虎
那里百年孤独　也只有那里
骨头一直保持原价　远离通货膨胀
说到骨头　我应该

多读历史　在博物馆里
打磨一面骨头做的镜子
常常照照自己

苍古一尊

东山梦在唐宋诗词里泛滥
草堂旁最红的杜鹃
兑换了多元的行程
听清楚　更大的一片江湖
留给了回声

我用历史的糖果许个愿
在冠豸山　在石门湖畔
有苍古一尊铜像
将矗立起独角豸公正的灵感
等候　这一天的东山再起
等待　一张又一张宣纸穿越烟云

中山古镇

将军的马蹄声响在了明洪武年间
尘烟中　石板砌的武所街巷
被踏出许多凹痕
店家在古井里
取来一瓢水
在武平中山有这样一座古城
当我从古老的城门
走出大山深处的武所
多少年后还记得
这个讲“军家话”的戍边小镇
中山古镇　香魂像一张皱缩的地图
在迎恩门　我遗留了一壶茶
至今还来不及喝上一口

武平之武

鼓角争鸣
疾风劲草
烽火连天
还有传奇的刘亚楼
武平之武
尽在谈论间

喝几口清泉
回味起的
竟是尘封史事
连老井
也完全是城墙垛口
是巧还是缘

邂逅的是心境
匆匆相遇
如烟岁月
化为一路征尘

三三坪畲

羊的蹄子踏过溪水　轻盈
牛在山坡低头啃草　恬然
它的眼神让人神往　纯净也是
悠闲也是
它一脚踏三省　它盼望的
时光静好　青草连绵

从闽到粤再到赣
一年又一年
一只牛是自由的
一群羊是自由的
放牧人是自由的
放牧人枕着青山绿水是幸福的

这个鸡鸣三省水分三江的坪畲村是幸福的
天上繁星　是从古至今无数边民的眼睛
过往的烟云承载着一份无时不在的寄托
让这个山村抚过的清风格外清远　寂静

四堡雕版

风　抓住一棵草　一片树叶
它的诉说武夷余脉便如此绵长
在夕阳缓缓的坠落里
夜正在鳌峰山延宕
我的四堡　我的雕版
我要刻在你的文脉里
如风吹进了书的心田　落日刻了雕版的黄昏

漫长的岁月里
倾听历史如此真切的声音

好柿有礼

永定土楼山坡上的红柿子
这一粒粒红色的果点缀着冬日
灯笼一样的红柿子
客家人幸福的心房

宁静而饱满地淘洗山色
照亮鸟儿们的眼睛
风的手指细数着它们
在岁月里轻轻摇晃

我是多么钟情于这
时光中美丽而古老的情景
好柿有礼快乐地悬挂在生活的长廊
像一座古老考究的手工作坊
一首诗歌或者绘画　音乐的酿造厂
斜倚在土楼沟彬彬有礼的山水中

盈吾公祠

暮色四合
风声加重了夜晚的呼吸
邈远的文坊山村和
狩猎在连城宣纸上的词语
像经过松毛岭
迁徙的翅膀　扑面的凉
最忆北上征途
稠密的风霜

经过“月涌江流”的盈吾公祠
汀江上风云翻滚的浪花
和当年火红的苏维埃
正被我身体里
空出的部分
以“敬以怀”的韵味热烈地拥有

北　风　辞

钟声响过之后
我的心抖动了一阵子
夜色当酒　我与星空对饮
塑一尊迎接北风的雄姿

我使我的沉默也响起来
沿我走过的路
留我的声音给每一个人
让他们知道
在这片热土上还有一位这样的人
是如何爱着他们
在汀江　在古城　在红土小镇
这个人为他们所痴所狂

就在钟响之后
我的心又抖动了好一阵子

叶落满地

漫步汀江　身背图腾
我的心扉像江面一样敞开
笑靥有些茫然

我已竭尽全力地
装扮自己
静静守候的是你的摆渡

一阵风　大于秋天
你再不来
我只能叶落满地

小雪之夜

雪地里的花是天上掉下的星星
落满童年的梦　晶莹着
眼里的笑容　馨香无痕
越贴近你的气息　脚步越凝重

拾一枚雪花　在这个小雪之夜
收集漫天的灵魂　那走失的泪水
开在雪的心里　风声最孤清
前世的情人与今生的我　站在同一棵蜡梅树下

或偶遇一场柳絮纷飞　寻梦而眠
或路过一片麦田　根系在指间
辛酸无人知晓　轮回无可言
拾起一枚雪花　放下一生的宿命

直至那枚雪花开满我的梦
汇河与汀江的距离　隔断了一样的乡音
方向在路上　越陷越深
麋鹿开始在雪地里寻找自己的归宿

忘却始终是个习惯的过程

无法比喻的味道　也渐成时间的佐料

翻开时融化　合上即凝结

清晨时的一袭阳光

埋葬了小雪之夜的飘扬

彭坊紫薇王

长在山腰的一株紫薇　无人注意
像是我身边站立已久的邻居
长在山腰的一株紫薇最适合做梦
做连接天地两头的梦
有一半天使的翅膀在此歇息
有十二生肖的幻影在此浮现
山顶向上刺破青天　像未知的命运
向下的道路千条万条　低处的生活不会孤立
人间的烟火不会像谜一样
一株紫薇像似灯盏　举在谁的手里
一树繁枝丢弄了黄金甲　惯于在风中轻轻朗诵

汀州彭坊的紫薇王
保持千年不变的姿态
任意点燃了繁花似锦的激情
冲得开风雨　撞得开云雾
开到最后属于自己的季节
她只开着她自己

土楼沧桑

这个冬季　银杏落了一地
天色已黄昏　村庄垂下幽深的眼帘
那些枝头上的日子朴实　壮美
这个冬季的银杏年少轻狂
它们不涉恩仇　也无关风月
这个冬季　我稠密的心事
与生活隔着最朴素的距离
那些遥祭的烟火里
土楼沧桑　儿女情长

这个冬季　岁月多惆怅
我怀里的悲欢渐渐远去
这乡野之地
该有一世清白的人生和红色的江山
该有相守一生的人献出朱颜与虚妄
该有心怀感激的客家游子
和细雨　白云　稻谷整夜交谈
这个冬季　春意盎然
寒冷将要慢慢消亡

一地的黄叶多么让人心疼
黄昏中　细碎的童谣一声接一声……

当我们活得越来越潦草
每一寸光明都是最深情的怀念
当月明星稀　独自凭栏的人卸下内心的草木
哦　我们是忧郁了多年游子
常常羞于表达
你依然是旧年月的客家大姐
低眉顺眼　满袖温良

立冬　让我们练习相思

是否立冬的时节
最适合一醉

寒风架着夜色漫游
星空之下
紫金山已经沉默
山崖上高高低低的矿区
藏起尘世广阔的恩怨

是谁　天边贴钩小月
让我们练习相思

一朵朵丹桂落在脚边
一丛丛花木蜕去了月色
汀江的流水脱颖而出
我们卸下
不可言听的隐痛

迷雾中与山雀相遇

只算一场不期的风花
一朵山茶花淡出了雪月
兄弟　请满饮此杯
明早乘薄雾打马离去
切莫回头　切莫说——
相见时难

河田　那株孤独的树

也许是因为寂寞
夕阳才熊熊地燃烧
孤单的河田风化红壤
想象着属于自己的身影
没有流泉
没有湖泊
荒野上蓦然长出
一株来自山坡孤独的问候

苍凉是美　你说
我喜欢——
理解是汀州河田的回声

风把声音送得很远
荒坡红壤上那株
年轻又显苍老的银杏
站成一种令人销魂的语言

我想安慰夕阳的寂寞

一片树叶用它的凋谢
唤醒红壤藏得很深的柔情
你说　河田是站立着的男子汉
成熟的爱
已是满坡固壤的芨芨草

假如奔腾漫堤的汀江
是一个真实的隐喻
我相信苍穹的云
和她分外明亮的眼睛
一定注视这片水土和那株孤独的树

把冬阳放在心上

冬天渐渐裸露
被花和叶密匝匝包裹的真相
大雁一声尖叫
丢下几根飘摇的羽毛
雨　的确很萧冷了
自从摆脱了雷电的布控

闽之西南　是一片红土
可以抵御寒冷的日子
可以宽慰日子的明天
锋利的月光横在凛冽的风声里
人们不仅寻求爱也抚摸伤口
可我还没学会讨回
又一个疑似的春光

如果　季风再次拥有了温度
如果　红叶的根部依然温暖
允许把冬阳放在心上
但不要企图返回青春年少
权当　岁月依旧激情燃烧

慢慢地把月光啜饮

在汀水之畔　在古城楼上
让我把明天的山山壑壑放下
把流动的月光倒满我的酒杯
你踏着星辰而来
让我把一山疲惫关到城外
慢慢地把月光啜饮

你是纯洁之美的精灵
夜色为你变得如此灿烂

广袤的月光　我只说一片
山是如此葱茏　水是如此澄澈
夜空飘落缤纷的天籁之音

明日　我将揣留一片夜色
走向陌路　远隔天涯
但是　只要在我想起你的时候
城楼的月亮就会变得更亮
脚下的江水就会变得更清
心的旷野
就会生出一行柳色青青

月挂汀江

追踪太阳的五色光谱入梦
夜听有人在汀江边击节歌唱
冬水缓兮秋波平
不想　在一片水流中
见独自起舞的古老绸缎
把月亮舞成闪亮的胸章

张九龄　王阳明　纪晓岚
纷纷出城跃过了汀江
走远了
只把一轮月亮遗忘在古城
作灯笼照亮游子的前程

菊花豆腐河田鸡的香味
熏得月亮满脸嫣红地回家
村里的千家故事酿成琼浆
常饮得那几个游子
醉笑潋滟

今夜
月挂汀江　光照四方
人们论及汀州府　客家迁徙及红军长征
反觉得那些站在辉煌中的英雄先贤
山高水深　风静云闲

枫的色彩

有些红　铺陈　堆积
不是落红　是随风升腾
树梢上的色彩　是红的定格　红的宣泄　红的绽放
红的烈焰里　透着缕缕绿茵
听到有种声音静静流淌
轻触最柔软的地方
枫滋润的　原是一片赤心
想从你的名字开始再认识一遍
让生命如此多情
遇见汀江　不尽风景

我只是汀江边的一株新枫

我只是汀江边的一株新枫
能给大地的　唯有一片
赤诚的红和涌不尽的泪花

为何只让我听见
柔弱的风和爱流泪的阳光
你轻轻一声的问候　却给我
留下整夜整夜的思念

我只是汀江边的一株新枫
既然青春已经绽放了
我只求安心地靠着江岸　能不能
不要泪花　不要思念

我听不听见都没有关系
今天切断了明天的思念
从明天走到最后的明天
是江畔摇曳的灯火　一种相思两地身影

我听见　你在冬日掀起的凛冽
金色的波光　把泪花拥抱在江中
汀江啊　只有你把我永远留在身旁

匆匆行囊

飘红的落叶夜阑无眠
狂风带走昨天　冬　把我
扔给了孤寂
茫茫旷野　寒鸦声声
守一方红土　留一片落叶
把伤悲送给明月
将如意放进阳光
一抹夕照
惬意
静谧
一片落叶　找到自家的老屋
细雨
微风
匆匆行囊
掉落在银杏树下

武平百姓镇

夕阳把百姓镇浇醉了
晚风浸着些凉意
万物都被夜色征服
埋在深深的睡梦里
然而不久　就听见了
从远近传来的声息
如象洞鸡突兀的鸣叫
如定光佛打出的禅语
如风儿掠过王城遗址树梢
如秋蝉唱不完的歌谣
好似平静的百姓镇
漾起的星火粼粼

而天穹　又是多么绚丽
等待满天彩霞绽放出崭新的我
所望之处皆是家园
无数双晶莹的眼睛
闪耀着人们的满心欢喜

撒满银杏的天空

太多的节外生枝始料不及
在空穴来风中　脚步颠簸着惊慌
你把我带到汀江河田
拆一截流水给我　安顿我缤纷的落叶

温柔的细语　如一地银杏黄
镀金于黑色子夜　一瓣寂寞的蓝被你打动
我的心绪开始安静　躺在你怀里
孕育成朵朵战地新蕾

醉在你宁静清凉的江岸
你将一半的月色分给我
羽翅妥协　合拢
再也无法离开你撒满银杏的天空

想念土楼

也许有一天
我真的要离开土楼了
我想　我会很想念
想念土楼
想念属于我的水车和石磨
想念童年的摇篮
怎样的在阁楼上高高地悬

也许有一天
我真的再也不待在土楼了
我拿什么偿还你的淳朴
我想　我可以忘却一切
忘却照亮我一生又疼爱我一生的茶油灯
在土楼　怎样的在黑夜中独自明灭

一条土路被我走了多年
一腔方言被我说了多年
一口井水被我喝了多年
一根血脉被我流了多年
我是土楼客家的孩子
是红土地鞭子赶进都市的春天

初溪土楼

十里枫树林　染红
半山坡　深秋的大写意
色彩斑斓　一泻千里
初溪不再强求着方正和笔直

土楼群崭新的墨迹
是几丛开得热烈的野菊花
吹奏金黄色离歌吗
留不住黄叶飞　留不住野草青
一棵挨着一棵　老去

跨过弯弯的拱桥
我就是这泼彩图中洒脱的一笔
飞鸟随溪流向东
我和落叶落日向西
影子　留给渐行渐远的石堤

重逢冠豸山

其实冠豸山上空
有那么大的万花园
用一条银河才能浇灌
花朵不过是表达的符号

我和你怯怯相对的时候
还没有离开东山草堂
你住进我的眼　眼里的闪烁
就交给蝴蝶和蜜蜂去解读

我妄想银河两岸　浓荫遮蔽
晴空万里的日子　你涉河而过
这是一次　唯一的一次　老天安排的冠豸重逢
让更多的风暴　拥有一份属于自己的美
我驶进丹霞的年华　开始有了饱满的睡眠

当翅膀忽略黄昏　梦有了详细的情节
眼眸里绽放云彩的斑斓
我不指认一面战旗　从天而降

它跨过的银河　跃过汀江
速度越来越快　越来越美

以至于　我仰头的刹那　秋天变得异常空旷
而我宁静的年华　有了一束玫瑰

千万朵怒放的黄花

大地又发出了一声声沉痛的呼喊
那么多阳光般的花朵　在松毛岭绽放
没有人能够为她改变
阳光涂满了这个早晨的山野
这细碎的花瓣上沾满昨夜的露水　青草的呢喃

多么寂寥　那些无人聆听的漫漫长夜
风　从哪一片弹孔斑驳屋顶刮过
掠走了红尘和荒草
是谁在传递一句无名红军的耳语
千万朵怒放的战地黄花
在一个瞬间打开了我们对黑夜的张望

谁是硝烟弥漫战壕里
掩埋不尽的千古一叹
一株株微小的野菊
都蕴含着一种力量
在无法预见的时刻
让花瓣挺拔　精气充足　并且朝向未来
希望向新的漫长征途　昂起头来　致敬

前往汀江

既然不能改变世界
就前往汀江
改变自己的心

既然不能说服自己
就前往汀江
重温经年的往事

既然不能创造一切
就前往汀江
深深埋下自己的头

既然不能跃过汀江
就把自己变成一叶舟
向江水致敬

犁好的心田

有一缕眷恋
被秋风不小心刮走
它像一片云朵越飞越远
直至挣脱我的视野消失在远天

漂泊的你
无论驰骋何方
都要俯身紧紧抓住青草
那是根植于故乡骨血的马鬃
如果流浪让你感到开心
你就尽情越野
每一次坐到你的横杠上
刹车时都能听到你内心深处马蹄嘚嘚
如果漂泊让你感到太累
你就化成快乐的雨点
播下一行甜美的诗句
红土地——
是我为你犁好的心田

干净的诗心

终究要说出
龙津河上的秋风
低音的流水
清澈婉转的波光

终究要说出
一只鸟
用轻微的言辞
深入草丛中
紧贴
飘零的落叶
斑驳的树影
不能不有的思念

终究要说出
接下来的寂静
草一样的沉默
被露水洗过的
脚步

在一页纸上
行走在
交错的步道

终究要说出
世态之外的朋友
一生偎依的龙津河
红土的气味
飘散在旷野
风吹直他们的头颅

终究要说出
眼里的火苗
可以触摸的温度
暗暗紧握的
岩城秋夜
干净的诗心

庙金山的白云

在庙金山
我无法躲避
峰峦叠嶂
内部的鸟语花香
一片云朵
为我擦拭
额头上的秋天
铺满阳光的山谷
它未能关住
我的张望
与云结缘的十月
需要比喻
超脱和想象

心怀有爱
云朵多么干净
继续游走
群山像栅栏
围住它

像围住一匹白马
白驹过隙
它腹部的光芒
如高山草甸
让另一些事物左右摇晃

与一片云朵对话
而类似的白
只有在故乡
才能抵住视角
藏住秋天

莲花寺天马钟

把雾献给黑夜
透过黑白之间的蓝
覆盖了
一座寺
以及背后的莲花山

不可辨认的风向
携带漂泊的词语
无法靠近黑暗中
天马钟声的领地

灯笼醒着
灵魂不眠
必然有人怀揣
相似的孤独与慈悲的体温

把夜晚站成沧海
把灯火站成渡口
钟声响起
岩城吉祥

培田的天籁

这久违的天籁让我流连
又临
培田古村
稻花香里
荷塘绿叶
一场民乐合奏正上演

我漫步乡间小道
凑近舞台边缘
痴迷倾听
便于我把受伤的嗓子和耳膜
用它干净的音符清洗

我也曾是一名海角七号的乐手
这些年
在喧嚣中穿行
我言不由衷
唱美声歌流行曲
早已是百毒缠身

舞美的流萤
提着灯笼
在星月投下的
追光中
邀我做一次小小的互动
而我只想做一个虔诚的听众

不需要一整曲
摁下录音键
我只取一幕
从日薄西山
到月牙五更
便可重返昔日的本真
你听

令人沉醉的原生态
蛙鼓
蝉琴
它正张开绿色的翅膀
驮着我飞呀飞
飞到

异乡的梦中
而我即将醒来

蛙鼓蝉琴

我必须热爱它们
热爱这乡间草根歌手
热爱它们总是喜欢把原野喊成阳光和月色
仿佛村民摊开在谷场上的秋风
无论喜悦
无论忧伤
总有金黄的芬芳沁人心扉

现在
我借辛弃疾用旧了的耳朵倾听
沿着宋词的田埂
蛙鼓蝉琴再次把西江月淹没
你得相信
繁忙的农历终将翻成稻花香里的歌声

种下我的脚印

从眼角的一抹瓦蓝
我读到天空
有一个词在云里被卡住了
它变幻而又恒定
我确信
飘到头顶的百会穴之上
所有的疑问
都将得到回答
白天的爱
从夜晚溢出来
有一次风刮跑了我的鞋子
却在另一处
一场被翅膀平息的风暴里
找到一只蝶

脚心的涌泉穴收集着答案
我早该从大地开始
解开一个人漫长一生的谜底

我多想回到一块岁月的琥珀
听到远古的汀江日夜奔流
在红土地我躬身行走
穿过与四季等长边界
种下我的脚印
直至　我的大名睡去
小名醒来

第九辑

在银杏树下守岁

其实雪落不落都没关系
等银杏叶落下　树底下就有了
那一棵小小银杏
我朴素的小妹妹
与红土地上的阳光相依偎
轻轻的呢喃
可是她最古老的歌谣
她金子般的肤色
洗亮了隆冬高远而深邃的天空

是谁
护佑身旁的汀江
秋水般的月光
土楼里的歌声又漂洗了谁内心的忧伤
如果白鹭与华南虎抬起头来
就会发现
神祇早已安坐在高高的天堂之上

汀江从源头汩汩流来

轻轻漫过当年饮马的沙滩
感动的到来最初总是这样细小
像这梅花山上的雨
飘忽而来
像这汀江源头的水
流向这片红土地的富庶
安详

如果可以
我将同客家的子民们一道
将守岁的灯火一直亮到星子缓缓西沉

点燃一盏心灯

寒风瑟瑟
大地宁静
天空飘动着一朵孤云

迎着新月
沿苇而上
我听见一只鹧鸪鸣叫的声音

在一座荒山孤寺之中
是谁用经卷与咏怀
彻夜叩问人间

又是谁怀着敬畏与不安的心情
熄灭了一盏灯
又点燃另一盏灯

拥有草木

在长汀火焰山行走
不说话
不想杂事
目光停在小草和灌木之上
它们有细小的光
向上的暗力
以及我们所没有的品质

累了
在一块石头上
坐下
目光从草木间退回来
交给远处氤氲压低草木的地方
沉默寡言的泉水
呜咽着
向低处归拢

阿伦茨说“从没有，任何一个人
能拥有地球的，一粒尘埃”

那么　在长汀河田　就让我们从
拥有草木的习性开始
拥有自己

花朵里看汀州

身后百里汀江雨如烟
眼前河田二度梅
小楷做了花瓣
只往花朵里看汀州
看那疏影里的寂寞红

我可否在种梅人家
养一只鹤

我可以让我的鸟儿
生一顶高贵的丹

在一首首田园牧歌里飞起
让它朝饮露珠
夕餐落英
自那春耕夏耘的客家民风里引吭

到三月　也在梦圆时分
那一声鹤唳
唱到桃花
和——到——扇

喉头滚动的故乡

倘若灯盏凋零
黑夜深沉
尚可安放疲惫的灵魂
而今星子垂落
月光倾泻天穹
冬至冷色调的江风一吹再吹

你的战马是否越过了汀江
星星之火仍在蔓延
所有幸福都像突来的片刻欢愉
月光那么亮　把我们的痛楚
照耀得格外清晰
要我如何藏匿
心中的爱和喉头滚动的故乡
月光之海荡漾　卷起百尺孤独
辽阔了人间不可泅渡的苍凉
告诉我们
该向哪里走　该在哪里留

武平富贵籽

几只红果探出小小的脑袋
看见梁野山披着白云的薄纱
一队大雁启程
在九千里云霄遨游
一双沾满泥土的脚
走过春天的田野
蹚过夏季的河流
穿过秋雨霏霏　经过斗转星移
驻足在红红火火的季节里
春天种下的一棵野生凉伞籽
此时已挂着串串的红色果
梁野山
一个跃马赶来的节日
向四周传递红色的情愫　富贵的相思

不要错过归巢的季节

我还没有完全搞懂　在培田
山水和老宅能这样促膝而坐
太阳从来都是早出晚归
为何禁受不住这样一个迟疑
在培田　风逃不出村口
我不懂村姑因何咬伤食指
扑面而来的蝶儿
让我觉得如在梦中
害怕轻轻伸手触碰就会消失
假装一闪而过
我不知道耕牛何时才会卸下犁耙
人影因何常常歪歪斜斜
经历那么多的春夏秋冬
和人世间的悲欢离合
我早已无法左右步态的轻盈
抓一把土　拈一根草
是否错过了归巢的季节

培田　让我回家

你我抱拳作揖
温一壶陈年老酒
我们只谈前世今生的乡愁

无　　悔

白云飘飘
江水长流
我仍站在这块陌生的土地

歌声远去
鸟儿飞离
我仍宅在这座土楼里

不是云的轻飘
和水的无情
歌声莫非已经逃遁
还是因为燕子的悔信

停一停神
闭一闭眼
重新打量这片土地

吸一口气
扪心自问

是巧合还是天意
到了和太阳一样活动的土地

失去的原是一点白
流走的只是一时痴
撑着坚挺的时光
我走进了红土地

我深情的呓语被谁撞见

裹紧自己的秋
我一直没提及春天　夏日
以及信誓旦旦的你
冬天拒绝了秋雨之后
日子只剩下寒冷
与多边形的忙碌

或许　忙碌是最好的遗忘
但咖啡与红色联手
会有小小的情绪
它们的虚性投影
颠覆一夜春风
飘黄的落叶及灰色楼房

等绿色的期望晕眩着扑来
仿佛又回到古代和童话一样
此时　我深情的呓语被谁撞见

那一叶的红

午后的阳光
捎来温情几许
让这个萧瑟的季节
也有了暖意
拾一条清亮的小溪
点缀纯净的天空
记忆蜿蜒　柔情清澈
想叙述的点点滴滴
仍是关于秋的
那一叶的红

鹬

北雁南飞
草木萧瑟
我在黄昏里等谁
看到星空　土楼
纠缠着光阴的枯藤
一颗巨大泪滴
溅起的水花
在汀江波纹里裹着落寞的影子

当归巢落单的黑翅长脚鹬
仙气飘飘
一闪而过
我已触到了北方的纷纷扰扰
与悲欢离合
我的颓废和空阔
附着在一层又一层的霜露之下

秋风过汀水
这历经沧桑的一季

想闯祸的闯祸
想沦落的沦落
而我虚弱
敏锐
静寂
衰老
拿生活没有办法

我是贫瘠的
像这萧萧的落木
只有想想不曾谋面的外界
日子才不会过得灰心丧气

将爱的种子扎根红土

你把美丽的乡愁播进红土
红土地苏醒了
长出了蓬蓬勃勃的春天
长出了一个个幸福的村落

汀江流动着蝶的韵律
长长的水袖
浸满你洒落的一滴滴汗水
云霞深处的那双翅膀
驮着大片大片的祥云
回家　静静守候
让你枕着温柔　白云为被
甜美入梦

我羡慕那一扇扇绿色的窗户
你用雨露开启我干涸的唇
在日光与月光之间
将爱的种子扎根于红土

培　田

培田是一溪缓流的乡愁
只知道守魂在舍
养活一群妻儿
太阳经常驶进这长满传说的村落
我知道有时候爱也需要隐喻
太阳在我梦里
像个回家的孩子
蹒跚地行走在岁月的齿轮上

培田是一树开花的乡愁
和阳光明媚
雨水充沛的春天
所有与生俱来的幸福堆积这里
我知道有时候脚印永远在前面
那心中拱立的村庄
和落花的流水
一路小跑进了我的幻想

培田是丰满多汁的乳房

经常使客家汉子们心神不安
在充满奇异的诱惑之中
盼望把
成熟的渴望种进正在冬眠的泥土
记住播种者
记住这是春天
培田萌动着长满眼睛的乡愁

龙　门　红

骨头里的秋
与暗夜沉着的星举案齐眉
流火在来不及清点的日子里
不停飘摇

汀江边
此刻满是铜镜集结的光芒
一队一队远古的士兵
以红叶作盾
打开尘烟深处的锁
他们走过的地方
藏在银杏温存的相思里

谁在茶园的草木间徘徊
守望一枚银杏叶的清穆与虚静
风　开始剪破前有河后有山的蒺藜
轻捷身手
泡茶香诱人的龙门红
它骨性的手指
布满红色的旗语

汀江的深秋

我的秋天
不需要
再收获什么果实
只要些许白云
把天空
擦洗得更加清澈
让我借着
暖暖的秋阳
在斑斓的秋叶上
晾晒一下心灵深处的记忆

汀江的天空蓝得无法比喻
你行走的红土地
再次生动起来
星光一闪一闪地与虫鸣密谋
我听到了
听到天空与大地通过落叶交融
刻上阳光和水滴的名字
记忆依然饱满

只有逝水光阴的对白
无声无息
秋风中的林徽因曾告诉亲人
你是人间的四月天
而我
只能告诉你
在此刻
你只是一位过客
你的到来会让它失去矜持
你的归期不在四月
在深秋
深秋的汀江诗意铺展

稔田山歌

这久违的天籁让我流连
重返
稔田小镇
桂花香里
黄潭河旁
一场民乐合奏正在上演

我从福星楼搬出藤椅
凑近舞台边缘
这便于倾听
便于我把受伤的嗓子和耳膜
用它干净的音符清洗

我也曾是一名乡村乐手
这些年
在喧嚣中穿行
我言不由衷
唱美声流行
早已是百毒缠身

舞美的流萤

提着灯笼
在星月投下的追光中
我与山歌之乡做一次小小的互动
而我只想做一位虔诚的听众

不需要一整曲
摁下录音键
我只选取一幕
从日薄西山的舞雄狮
到
月牙五更的游船灯
便可重返李氏大宗祠的本真
你听
这风过的寂静在延续

令人沉醉的原生态
红台
绿幕
蛙鼓
蝉琴
它正张开音乐的翅膀
驮着我飞呀飞
飞到
梦中的状元之乡
而我即将醒来

老 时 光

你在词语里端坐
滴着金钟般的水声
每一个字都很温暖
一笔一画深藏藿溪的味道
像闽西的初冬
流淌着兰花的气质
我每天注目凝视一次
让飘忽的河流静止
让奔涌的群山矜持
保持心田的纯真
然后
用化妆盒里的阴谋
描画白天
再用五笔字雕刻心形的夜色
你用眉笔轻描淡写了山峰和湖水
你用胭脂点缀的彩虹和晚霞
你用口红重重涂抹了喘息
你用香水修饰了青春的花边
你长袖里跳动的风花

和百褶裙里掩藏的雪月
全部的风景存在龙岩时光银行
密码是……
等待你余生来取

妆术已用尽
迷你的迭香
露出无可奈何的表情
树叶已纷纷离席
桂花的味道
更适合在此时流淌
也许需要用一生的时间来筹备
清泉百丈化为土的场景
西风瘦马走不出尘封千年的乡愁
种蓝堂　滋养我青春的藿溪古厝

湖光山色

龙湖的碧波
梦境蓝天
被落日的晚霞复述
散发出恍如隔世的光

湖中观山暮色锁不住清秋
雄奇俊秀的王寿山
使夜空的星辰越发显得熠熠生辉

寂寞的是燕子深宫
安静的是翠竹青藤
尘世中的你我
莫愧对了这秋日浩荡的老松虬蟠

内心荒凉
流水带走喧嚣的落叶
时光啊
莫辜负了我们身体里的一派秋色

水仙姑娘

像一片落叶　在茶杯中
有了重新选择的机会
我要为她画一幅肖像画
我要谢绝一切来访者
静下心来
更衣
焚香
饮下这一杯漳平水仙茶
在宣纸上
水墨的浸染
生命终究在杯中画里纠葛
而我手里的纸白字黑
似乎和樱红茶绿交相辉映
寻找西窗之下
她的头发被夜雾打湿
哀婉
又迷离
仿佛一种隔世之美

只是这些年　我们无暇旁骛
我们一直在追逐各自的生活
就像一只蚂蚁
为了虚拟的果子疲于奔命
我们何曾记得
我们还有自己的樱花茶山
在红土地之中
九龙江日夜奔流
那里有我们的悲喜交集
有我们永远无法超脱的爱

今夜
樱花缤纷
茶山传来箫管之声
既遥远
又逼近
既温暖
又隐含着巨大的忧伤
这声音会带我回家吗
如果可以
繁华归尘后
就让月光打开我
让我交出一切吧

只可惜　此生已无　江　河　水
此生已无春　江　花　月　夜
以上
哪怕仅存一个字
我也要穿越九龙江
溯流而上

一生中也许只有一次闪烁

起初
我以为
这一次远游
像一首诗的开头
意境会逐渐深入
好诗不需要呐喊　奔跑
一个嘴笨的诗人
无法诉说幸福的滋味
独自一人　来自江湖
更多的怀念和语言
只讲给这片安静如斯的天空

不知何时
色彩蛊惑过视野的光芒
单纯的思想
为某次走失
或者
角落里发出的叹息
落到低处

让能盛开的尽情盛开
不因为孤独
把希望悄悄摁灭
某块攀升的云朵
因牵挂而一再回头
此刻
我看到了你眼睛里那一片红土地

惊讶回到远古的梦境
脚下的地神圣得出奇
为最初的信念
一次次应对磨难
不知道是否还在长征
还有一条叛逆的汀江
要流向哪里
晨雾中一束闪烁的时光
正一寸寸聚焦
被红土地牵住灵魂
一生中
也许只有一次闪烁
但可以穿透一切

心的萌芽是季节的补白

流向冬季的阳光一瓣
盛开激情
摇曳的五彩乌桕
隐匿冬眠梦境
忧思羽化为火
亟待燃烧
一如梅花对春的嘱托
我就欣然走进飞舞的风雪
眼神里跳动着欲望
前行　深一脚浅一脚
跟随不知所终的溪流

愉悦的手
郑重地握住
彩虹树纷飞中一段往事
于踽踽独行的夜色里
寻觅你芳踪遗留的记忆
宛如深秋植下红豆一粒
令心情刻意守候
在我不经意葳蕤的时候

装点相视如焚的目光

心的萌芽是季节的补白
故事在篝火灿烂的星空
越讲越长

只为满天飘舞的银杏

梦回红土地
当视线开始变得迷离
当心情开始不再安宁
我停下脚步
深深凝望
任那丝丝的惆怅
侵入心扉
在静夜的寒意中
始知自己内心最深处的渴求

那一个遥远而亲切的地方
是怎样一个感怀而思念的地方
于我
魂牵梦萦的是一种无尽的温暖
梦寐以求的是一种友情的温馨

我从来不敢像你
打开自己　一次次清洗灵魂
夕阳之后的朔风

就像一个人失声痛哭
愿把自己的身影
站成一个信封
贴上思念的邮票
寄往新梦起飞的地方
信的内容只为
红土地满天飘舞金黄色的叶

湖坑明月装饰的梦

黄橙子的灯笼
红柿子的街舞
湖坑的冬天怂恿黄昏
吟出梦境
我跌入一片绿云深处
采摘九百九十九枚叶子
为红土地种一株五彩的梦

浅银的新月
彩虹的梦
碎成一地凌乱的影子
绿罗裙折叠着往事
芳草
率性掀开夜的窗帏
金丰溪夜雨涨出来的那枚乡愁啊
在带露的脐橙上沾满泪痕

一轮水月
一枝镜花

敲打着明月装饰的梦
敲破了山村雨巷沉睡的记忆
今春后山挖出的那一筐竹笋
在土楼的窗台上是否已经晒干

下洋苦橘

满坡不息的点点橘灯
心跳
高高悬起来

夜是黑的
你的心跳就是瓣瓣的红
黑是无边的
你却像一盏灯
孤独
静默地燃烧

从村南到村北
躺着的夜似乎又坐了起来
暗下的土仿佛又红了起来

下洋苦橘
爱的心跳突突
疼就嗞嗞分瓣

夜黑无边
点燃你的那一只
藏在你的绝望里

隔世的花香

秋天从一叶草尖上起身
一路向南
带我们寻找心池的莫奈睡莲

天空辽远
白露凝霜
汀江
缓缓漂过
醉了隔世的睡莲
今夜
千结顿解
红粉成灰

龙山书院
秋白亭前
霰雨的杜鹃鸟正轻轻地吟唱

客家山居图

青草的刀锋钝了
已割不破
一缕风的肌肤
抱残守缺的花朵
紧紧捂住干枯的颜色
我的内心
突然间涌上惆怅
仿佛是吉坑村
一夜间
辜负了客家山居图的良辰美景

夜鸭浮游
离家出走的
红掌清波
打湿了我浅浅的追溯
面前的水道云遮雾罩
我已经无法循着一只能下双黄蛋的鸭
返回你古楠黄杨组成的风水林
还有古树之下的信仰“社公菩萨”

秋天的月亮
从羊牯吉坑
空旷的夜空升起
孤傲的白云
今晚
将山村美丽的夜色
又剪短了两寸

总是从夜空掏出星辰
客家山居
我还需要动用
多少力量
才能
将月光身子里的一场大水
拧出来
为你荏苒流光　高歌祝祷

马蹄还在红土里热着

马蹄在红土里热着
月光汪在蹄窝里
晒成黎明时的白露
霜染大路

深秋像印满邮戳的信使
从山的另一边直下龙岩上杭
伸展到我脚前
又穿过心房迤逦远去

我遥寄那个绿鬓少女的最后一封情笺
和雁翎一块捎走了
所有的花儿不再缄口将一泻千里
所有的草儿压疼我后半节的歌词
我拆散了一支歌谣　又拆另一支
风在比心更辽阔的地方停滞回旋
还有多少话儿没有被这镶金的马蹄
一粒粒敲碎

马蹄还在红土里热着
马儿比灵魂还轻
蹄声一路跃过汀江
叫满城披挂黄金甲的骑手
心中哽咽

古进贤三洲村

秋天的那双手
始终不愿休憩
那些被翻卷的阳光
黄昏
飘染的梦呓
反复叫醒我
反复吹皱一江秋水
微弱的光影
我能听见水岸上
星群的呼吸
记忆前赴后继地老去
爱仍是昔日年少青涩的模样
有草木的香　雨水的活泼
让跌跌撞撞的时光变得没有遗憾

不要停下来
不要毁坏
一枚红叶成熟的过程
不要被梦境撕扯

与秋天以外的事物相认
我仅是离家多年的游子
寻找久久未归的古进贤三洲村
戴氏家庙　圣帝庙　文昌阁　官厅遗址　咸熙祠座座建筑
和我一样褶皱古旧　遍体鳞伤
我试图用汀江的缰绳唤醒它
但这一刻　深了沉默　没有别的

后记

徜徉在曾经花开的路上

梁　征

不知不觉离开闽西十年了。离开后也就没有再出诗集了，就好像很久没有触摸天空，脚踏红土地了。开始重新收集、整理在闽西写的诗稿，我不时在忐忑和憧憬中。说到闽西，这是一种无法说清楚的迷恋和情结，这块红土地，一点一滴地渗入我、积累我、丰富我，让我对这块土地上的山水景色、风土人情，有了重新的认识。我热爱这片红土地，在这里我一直拂着春天，一朵云驾驶一角蓝天，一群鱼驾驶一条汀江，一副歌喉驾驶一支民谣，我徜徉在曾经花开的路上，我眼眸里的画面层出不穷，声响也是此起彼伏，无论走在汀江哪个段面，都能作出一首优美的诗。就在这水到渠成时，结集出了《秀起汀水》这本诗集。

写作是孤独的，诗歌更是孤独中的极品。叙述是困难的，尤其在职业十分严肃的语境里，当我说出真实的心情时，总会有一种待人评判和识别的挫败感，往往总是在写与不写之间徘徊不定、犹豫不决。也许最好的诗句就是没有读出来的那半句，挂在嘴上，欲言又止。诗是一种比我们的脚步和声音更慢的情感沉淀。它在生命里若隐若现，它有自己的轮廓、肌理和温度，有波澜壮阔的山川河流，有斑斓璀璨的星空、渗透骨髓的孤寂，也有骨血横流的风暴、酣畅淋漓的歌声。我在它的世界里看到了鲜花、江水、天空、翅膀、战旗、太阳，是有形、无形的世界和生活，是语言温润的叙述。我相信“九分苦思，一分神来”，我用心去凝视红土草木上的露珠、倾听汀水的秘语。“我在汀江　学会了成长 / 学会了珍藏　怀揣着暖暖的承诺 / 徜徉在曾经花开的路上”。我把红土汀水留在诗里，希望读者能在某个时刻读到它，这便是这本诗集最好的归宿。

心若在，诗就在。我常常想用从容、淡定的态度，去获得悠然自在的诗意人生。相信内心清凉，心花自开，一切都是最好的安排。当你哭的时候，只有你一个人哭；当你微笑的时候，全世界都跟着你笑。学会放下，练习从容，沉浸于诗，心外无物。在《秀起汀水》里等你，多好。你所读到的诗句，是我走过的路；你所看到的梅花山、冠豸山、土楼、汀江、银杏、樱花、河田鸡、沉缸酒……都是我心跳的轻重。我只觉得，这些诗句，有的能像汀江水一样，干净透明、柔软无骨，有的则能像紫金山的矿砂，熔炼出金铜之句。而重要的是找到心的去处，这就是我写诗的历程。

河流归河流，大地归大地，人归人。写诗时，我常常告诫自己，不要在云上绣花终老，在写第一个字之前，我提醒自己再放松些，我不是去拯救别人，而是去发现自己。尽量写出贴合自己心境的诗，写出自然山水的生命意识、人在天地间的位置感。怎么活就怎么写，如同沉香树伤口结出的香。尽量让每句诗，保留体温和灵魂的精华。

在这片土地上写诗，每一个方块字都很沉重，蕴藏着众多的历史信息。心灵造化的诗句和造化心灵的诗句是有神性的。在闽西工作、生活了520天，这对我无疑是一次诗与远方的朝觐之旅。

回想起来，我满载而归，举头就能望见一轮诗的明月。十年了，我不敢肯定的是，诗意是跟随着我，还是留在这条汀江上，并一直在那里，不追随流水远去。写诗兴许是这世上最不需要努力的事，如果不出活，就去热爱生活吧，热爱这片红土地，总有一行诗，会伴你浪迹天涯。一条从远古流淌下来的客家母亲河，一条带有悲壮记忆的绵柔之水，像红土地的血脉充满艺术的想象力，上升至精神性，意味着永不断绝的那种丰盈，因无以阐述的冲动和自由而激越人心。

把一些灵性赋予非人类的事物。比如，红土地在思考、汀江水正跨越、松毛岭落霞肝肠断、战地黄花分外香。给一种事物加上色彩和形式，这就是诗的使命。

《秀起汀水》既是描述这块土地上的物在它自己生命的展开中自我成就、自我塑造的秉性和意志，也是借助这个物抒发自己情感意志和诗歌精神。一个人的选择与挚爱是有其归属与体现的，需要用诗的沛然、清澈、丰盈，来填充心底的暗涌、解读灵魂在文字里的凛冽与炽热。能遵从内心的表达是幸运、快乐的，我不能错过与美的相遇、与梦的相拥，徜徉在花开的路上，让草木之心，有了灵魂的归属，让红土之情，有了深刻的秉性。

我希望能在《秀起汀水》里找到属于自己生命与灵魂的诗句。许多时候，我都在苛求一颗滚烫的诗心。当然诗集中的作品，还是比较碎片化，表现手法也欠娴熟，离好诗还有很大的差距。虽说，我笔下流淌的诗意夹带着苦涩，携提着隐痛，但也饱含着温暖，蕴藏着福报。让喜欢它的人们，能够读懂并有些许的感动，我就心满意足了。

在诗集付梓之际，我要感谢龙岩乡贤——中山大学谢有顺教授——一腔桑梓之情，为诗集撰写了序。我还要敬谢两百多年前的汀州伊秉绶先贤，本书书名引用了先生为汀州大夫第题写的“秀起汀水”字样。还要感谢海峡文艺出版社林滨社长及他的同仁们为本书所作出的努力。

窗外，冬的气息朝我汹涌而来，我内心的荷塘依然如夏，仿佛不由自主地走进《秀起汀水》，一切都是那么妙不可言，一切又都是那么自然、淡定。希望读到这本诗集的朋友们，能与我一起徜徉在曾经花开的路上！

甲辰年大雪